WESTERWALD KRIMI
2

Heinz A. Hering

Der grüne Hansel

Selbstverlag
Alle Rechte vorbehalten
Umschlaggestaltung: Atelier Sören Stör
Layout: Laslo Lachs
printed in germany 2000
ISBN siehe Rückseite

18,-

AF192318

Herstellung: Books on Demand GmbH

1.Kapitel

Holzer hatte Hunger und beschleunigte seine Schritte. Er war seit den frühen Morgenstunden auf den Beinen und hatte mittags nur eine Kleinigkeit gegessen. Nachdem er den Tag lesenderweise an einem See zugebracht hatte, war er jetzt auf dem Nachhauseweg. Es war später Nachmittag und immer noch sehr heiß. Die Sonne hatte ihm heute sehr zugesetzt, obwohl er immer auf ausreichend Schatten geachtet hatte. Überhaupt schien dieser Sommer sämtliche Rekorde bezüglich Hitze und Sonnenschein zu brechen. Holzer freute sich schon auf den Abend, den er mit seinem Freund im Biergarten verbringen wollte. Seine Gedanken kreisten um ein frisch gezapftes Pils, als er jäh in die Realität zurückgerufen wurde. Er hatte gerade die Wacholderheide verlassen, als ihn plötzlich von rechts eine Stimme anrief:

„Stop, bleib stehn."

Holzer blieb stehen und schaute sich um. Im Gestrüpp rechts von ihm prasselte es, Äste brachen und ein kleiner Mann im typischen Jägeroutfit, das Gewehr im Anschlag, sprang über einen kleinen Graben und versuchte sich vor ihm aufzubauen. Holzer musterte die seltsame Gestalt seines Gegenübers, der immer noch das Gewehr im Anschlag hielt und mußte grinsen. Der Mann sah aus, als sei er gerade aus einem Katalog für Jägerbekleidung herausgestiegen. Alles an ihm wirkte irgendwie übertrieben und verlieh ihm ein geckenhaftes Aussehen. Auf dem Kopf hatte er einen Hut mit einem viel zu großen Gamsbart. Trotz der Hitze trug er eine Lodenjacke mit aufwendiger Stickerei und großen silbernen Beschlägen und Knöpfen.

„Was hast du hier zu suchen?" fuhr er Holzer an.

„Siehst du nicht, daß hier gejagt wird?"

Holzer unterdrückte sein Grinsen und antwortete in sehr ernstem Ton: „Nimm die Flint runner, sonst kannste wat erlewe."

„Kerl, schlag gefälligst einen anderen Ton an, wenn du mit mir redest!"

„Mach ich", sagte Holzer und packte den Lauf des Gewehres, das immer noch auf ihn angeschlagen war, und bog ihn nach rechts weg, so daß er aus der Schußlinie kam. Mit der Rechten den Lauf des Gewehres festhaltend sagte er: „ Na gefällt dir der Tonfall besser?"

Statt einer Antwort versuchte sein Gegenüber ihm das Gewehr zu entwinden.

Holzer lachte nur und sagte: „So hamm mir nett gewettet."

Gleichzeitig faßte er mit seiner anderen Hand den Gewehrschaft, zwei, drei kurze Drehungen und das Gewehr war in seinem Besitz. Er zog den Verschluß zurück, entlud die Waffe und lehnte sie an einen Baum.

„Gefällt dir die Sprach besser?" lachte er.

„Ich werde Sie anzeigen!" rief sein Gegenüber.

„Sie werden ihres Lebens nicht mehr froh. Meine Anwälte machen Hackfleisch aus Ihnen."

Holzer lachte.

„Rex", rief der Mann in der Jägekluft, „Rex, komm sofort hierher!"

„Nanu", sagte Holzer, „Sie lasse ihrn Hund frei laufe? Wo is der denn jetzt? Vor drei Woche hat einer von Ihrer Sort dem Jansen sein Hund erschosse, weil der angeblich gewildert hät und jetzt lasse sie ihrn Hund selber wildern!"

„Das geht Sie alles nichts an", sagte der Jäger, „in meinem Revier mach ich was ich will, haben Sie verstanden und jetzt verschwinden Sie hier, Sie hören von meinem Rechtsanwalt."

„Kerl, haste immer noch nicht genug, glaubst du im Ernst, isch habb Angst vor dir? Du willst mich aus dem Wald jage, da mußte früher aufstehen. Das Gechenteil wird passiern, isch wern mich richtich um dich un deine Jachtgefloceheite kümmern und jetzt nimm dei Flint un schleich dich!"

Holzer hatte sich in Rage geredet. Der Jäger hatte sein Gewehr geholt und den Hund, der inzwischen herbeigetrottet war, angeleint. Als er ihn fest an der Leine hatte, schlug er ihn dreimal mit dem anderen Ende der Leine über den Rücken. Holzer sprang hinzu, riß ihn zurück und rief: „Wenn ich noch einmal seh, daß du den Hund schlägst, dann kannste was erlebe!"

Er war jetzt richtig empört. Der Andere hatte das wohl gemerkt und entfernte sich schnell, den Hund hinter sich herziehend. Aus gebührender Entfernung rief er: „ Sie hören von mir, wer sich mit mir anlegt, der hat bis jetzt noch immer den kürzeren gezogen!"

Holzer schüttelte nur den Kopf und ging weiter. Er sah noch, wie der Jäger in seinen schweren Geländewagen stieg und mit aufheulendem Motor davonfuhr. Holzer hatte jetzt den Waldrand erreicht und ging den Feldweg hinunter, am Tannenhof vorbei, in Richtung Stadt.

Der Tannenhof war einer der Aussiedlerhöfe, die in den 60ern, bei der Landreform, entstanden waren. Damals hatten die Bauern ihre mehr oder weniger kleinen Höfe noch alle im Dorf. Die Felder und Wiesen, alle recht klein, lagen wie ein bunter Flickenteppich um das Dorf herum. Was auf der Karte oder aus der Luft schön und idyllisch aussah, genügte in den 60ern den Erfordernissen der industriellen Landwirtschaft nicht mehr. Die verstreut liegenden, oft winzigen Felder und Wiesen, verursachten lange Anfahrtswege, die sich oft wegen des großen Zeitaufwandes und der relativ kleinen Flächen nicht zu bewirtschaften lohnten.

Die Bauern mußten sich entscheiden. Der größte Teil blieb in der Nebenerwerbslandwirtschaft, nur wenige wagten den Sprung in die Vollerwerbslandwirtschaft. Diejenigen, die sich für die Vollerwerbslandwirtschaft entschieden hatten, wurden aus dem Dorf ausgesiedelt und bauten sich neue Höfe in der Peripherie des Dorfes. Sie erhielten zusammenhängende Landflächen, deren Zentrum die Höfe waren. Die Anfahrt und damit die Bearbeitung der Landflächen wurde dadurch entschieden vereinfacht.

Die meisten der Aussiedler spezialisierten sich. Es entstanden reine Milchbetriebe, Hühnerfarmen und Schafzuchtbetriebe. Das dies der Beginn der industriellen Produktion von Nahrungsmitteln und das Ende der bäuerlichen Landwirtschaft war, hatten damals die wenigsten begriffen.

Mit der Aussiedlung begann der Zerfall, der natürlich gewachsenen, bäuerlichen Dorfstruktur, die jahrhundertelang funktioniert und sich bewährt hatte. Holzer war 55 Jahre alt und hatte diese Veränderungen selbst miterlebt. Bewußt geworden waren sie ihm allerdings erst in den letzten Jahren, in seinem „zweiten Leben", wie er es nannte. Er hatte vor einigen Jahren seine Frau bei einem Autounfall verloren. Durch dieses Ereignis aus der Bahn geworfen, verfiel er in schwere Depressionen. Er gab sich die Schuld am Tod seiner Frau, obwohl ein Gericht eindeutig „Fremdverschulden" festgestellt hatte.

Es dauerte Jahre, verbunden mit hohem Alkoholkonsum, bis er wieder einigermaßen Tritt gefaßt hatte. Als direkte Folge des Unfalls konnte er seinen Beruf als Waldarbeiter nicht mehr ausüben und war frühverrentet worden.

Seit diesem einschneidenden Ereignis hatte sich Holzer verändert. Während er früher sehr oberflächlich vor sich hingelebt hatte, schaute er jetzt genauer hin und hatte über viele Dinge so seine eigenen Ansichten entwickelt. Der Kontakt zu seinen alten Kollegen und Freunden war, ohne daß man Gründe hätte anführen können, immer schwächer geworden. Er lebte, wie er seinem Freund Fleuth erzählt hatte, sein „zweites Leben". In der Stadt galt er allgemein als verschroben, als ein Sonderling.

Holzer besaß in der besagten kleinen Stadt im hohen Westerwald, die früher ein bäuerliches Dorf gewesen war, ein kleines Haus. Dieses Haus hatte er mit seiner Frau zusammen aufgebaut.

Seine Zeit verbracht er mit weiten Wanderungen durch den Westerwald, die oft mehrere Tage dauerten. Man traf ihn zu Zeiten und an Stellen, wo man ihn am wenigsten erwartet hätte. Er hatte nach dem Unfall angefangen Bücher zu lesen. Er, der außer dem katholischen Gesangbuch nie ein Buch in die Hand genommen hatte, besaß jetzt hunderte von Büchern, die die Wände seines Wohnzimmers bedeckten. Es war, als hätte er vierzig Jahre Dunkelheit und Unwissen zu erhellen. Während seiner Wanderungen hatte er immer ein Buch dabei und im Sommer konnte man ihn oft, lesenderweise, an versteckten Stellen in den Wäldern antreffen.

Als Holzer am Tannenhof vorbeiging, sah er dort ein reges Treiben. Der Hufschmied war da und beschlug ein Pferd, das von einem jungen Mädchen gehalten wurde. Eine Gruppe von Mädchen machte sich zum Ausreiten fertig, zwei saßen schon auf den Pferden, während zwei weitere mit dem Sattelzeug beschäftigt waren. Der Geruch von verbranntem Horn kam ihm in die Nase.

Es war lange her, daß er diesen Geruch zum letzten Mal wahrgenommen hatte. Er erinnerte ihn an seine Jugend, an den Schmied an der Kirche, der Pferde und Kühe beschlug. Den gab es allerdings schon lange nicht mehr. Er wurde durch den Niedergang der bäuerlichen Landwirtschaft überflüssig und hatte irgendwann in den 60ern die Schmiede geschlossen. Eine Zeitlang schien der Beruf des Hufschmieds auszusterben, dann setzte in den 80ern der Pferdeboom ein und erfaßte zunächst die besseren Kreise, bevor er zur Massenbewegung wurde.

So ändern sich die Zeiten, dachte Holzer, damals vor über 30 Jahren beendeten die Aussiedlerhöfe die traditionelle bäuerliche Landwirtschaft. Man hatte auf Spezialisierung, auf Massenproduktion gesetzt. Die industrielle Erzeugung von Nahrungsmitteln, seien es Tiere oder Pflanzen, war angesagt gewesen. Viele Bauern waren auf die subventionierte Leimrute gekrochen. Genutzt hatte es ihnen wenig, sie waren gefangen in einem Netz von Subventionen, die jederzeit gestrichen werden konnten und bei nicht wenigen Bauern diffuse Zukunftsängste auslösten. Erst ab einer bestimmten Betriebsgröße wirtschafteten die Betriebe einigermaßen rentabel, so daß, wie fast immer im Leben, die Großen den Löwenanteil der Subventionen kassierten, während die kleinen Betriebe aufgaben oder am Rande des Existenzminimums dahinvegetierten.

Holzer hatte sich lange mit diesem Thema beschäftigt und viele Gespräche mit den Bauern geführt. Die klügeren unter ihnen hatten die Zeichen der Zeit erkannt und sich ein zweites oder sogar ein drittes Standbein gesucht. Die weniger Klugen wurstelten weiter und gerieten immer mehr in einen Sumpf von Abhängigkeiten und Schulden.

Zu den Klügeren gehörte der Besitzer des Tannenhofs Klaus Jansen. Er war gelernter Landwirt und hatte den Tannenhof vor 10 Jahren gekauft, wohl wissend, daß mit der konventionellen Bewirtschaftung kein Geschäft mehr zu machen war. Der Vorbesitzer hatte aufgegeben, da keines seiner Kinder den Hof weiterführen wollte. Jansen hatte von Anfang an eine Doppelstrategie verfolgt. Einerseits war er von ganzem Herzen Bauer, andererseits mußte er sich unabhängig von Subventionen und Abhängigkeiten machen. Er hatte von Anfang an die Bedeutung des Pferdebooms richtig erkannt und seinen Hof als Reiterhof konzipiert. Man konnte bei ihm Pferde gegen Bezahlung unterstellen oder eines seiner Pferde ausleihen. Seine Frau gab zusätzlich Reitunterricht. Im Haus hatte er einige Fremdenzimmer ausgebaut, so daß Familien, mit ihren reitsüchtigen Töchtern die Wochenenden oder sogar ihren Urlaub auf dem Hof verbringen konnten.

Vor zwei Jahren hatte sich in der Stadt ein Reit- und Fahrverein gegründet, der, zu Jansens Überraschung, seine vier Pferde bei ihm untergestellt hatte. Überrascht war er, daß man ausgerechnet bei ihm, einem Zugezogenen, die Pferde unterstellte und nicht bei einem der alteingesessenen Bauern. Später erfuhr er, daß man natürlich zuerst die alteingesessenen Bauern gefragt hatte, die aber den neumodischen Kram rundherum abgelehnt hatten.

Sein zweites Standbein, es war auch seine eigentliche Berufung, war die biologische Bewirtschaftung seines Hofes mit Direktvermarktung. Hier hatte er nach anfänglichen Schwierigkeiten einen festen Kundenstamm aufgebaut, der bereit war, für seine naturnah erzeugten Produkte etwas mehr zu bezahlen.

Seine Kunden bestanden zum größten Teil aus den Bildungsbürgern der Stadt, die nicht jede Mark zweimal umdrehen mußten, aber auch aus einfachen Leuten, denen die gesunde Ernährung wichtig war. Sie verfuhren nach der Devise: lieber nur zweimal die Woche Fleisch, aber dann von gesunden und natürlich aufgezogenen Tieren.

Jansens Tiere waren gesund und wuchsen natürlich auf, wie sich jeder überzeugen konnte . Er hatte fast einhundert Hühner, die den ganzen Tag auf den Pferdekoppeln umherliefen und fast keiner Pflege bedurften. Seine Schweine waren ebenfalls den ganzen Tag unterwegs. Er hatte ihnen ein Stück Wald eingezäunt, in dem sie nach Herzenslust wühlen konnten. Optisch unterschieden sich seine Schweine von dem Normalschwein durch ihre ausgeprägten Nackenmuskeln.

Am Rande des Hofes hatte er den Schweinen ein Haus gebaut, das nur aus einem Dach und einem Windschutz bestand. Die Schweine gediehen aufs trefflichste.

Vor zwei Jahren hatte er mit einer seiner Muttersauen ein sehr schönes Erlebnis gehabt, was alle seine bisherigen Ansichten, bezüglich der Schweinezucht, über den Haufen warf.

Eines Tages war eine seiner hochträchtigen Muttersauen verschwunden. Eine großangelegte Suchaktion hatte nichts gebracht, so daß man zu der Ansicht gekommen war, daß das Schwein gestohlen worden sei. Zur allgemeinen Verblüffung tauchte die Sau nach einiger Zeit mit sechs kerngesunden Ferkeln im Gefolge wieder auf. Nachforschungen ergaben, daß sich die Sau in einem dichten Gebüsch, da, wo Jansen sein altes Heu und Stroh entsorgte, ein Nest gebaut hatte und dort in aller Ruhe ihre Jungen zur Welt gebracht hatte. Alle Bauern, denen er diese Geschichte erzählt hatte, schüttelten nur ungläubig den Kopf und hielten ihn für einen Spinner, da nach

ihrer Ansicht keine der heutigen überzüchteten Schweine-
rassen alleine überlebensfähig war.

Jansen wußte es besser.

Im Zuge des BSE - Skandals fanden auch seine Rinder reißenden Absatz, über finanzielle Sorgen konnte
Klaus Jansen wahrlich nicht klagen. Er war zufrieden,
wenn es denn so weiter lief. Natürlich gab es, wie überall,
einige Mißlichkeiten, die sich aber noch im Rahmen des
Erträglichen hielten.

Holzer hatte inzwischen die Stadt erreicht und ging in
Richtung Bahnhofstraße, in der er wohnte. Sein Magen
hing im fast in den Kniekehlen. Er freute sich auf sein
Abendessen.

2.Kapitel

Holzer und Fleuth hatten sich für den Abend in der Gaststätte Kasper verabredet. Sie waren seit einigen Jahren
befreundet. Daß sie sich in der Gaststätte trafen war nicht
selbstverständlich, da Fleuth eigentlich kein Kneipengän-
ger war. Er hatte jahrzehntelang keine Gaststätte von
innen gesehen. Seit er mit Holzer befreundet war hatte
sich das geändert, denn der trank sehr gerne frisches Pils
und das war nur in Gaststätten erhältlich. Fleuth mußte
sich allerdings eingestehen, daß er an den wöchentlichen
Kneipenbesuchen Gefallen gefunden hatte.
   Er war ein unauffälliger Mann, an dem alles so grau
war und wirkte, daß es schon wieder auffiel. Ohne es zu
wissen, ahnte man, daß der Mann Beamter war. Selbst
Menschen, die ihn schon lange kannten, hatten ihn nie
anders als in einem grauen Anzug gesehen. Sogar bei
der Gartenarbeit behielt er ihn an, band sich dann aber
eine Gartenschürze um. In Ausnahmefällen, wenn es sehr
heiß war und nur dann, legte er manchmal die Krawatte
ab.
   Er arbeitete in der Stadtverwaltung und stand kurz vor
der Pensionierung. Er hatte das Angebot der Altersteil-
zeitarbeit angenommen und arbeitete nur noch die Hälfte.
Geld brauchte er nicht sonderlich viel, da er alleine lebte
und eine Eigentumswohnung besaß, die schon lange
bezahlt war. In Urlaub fuhr er so gut wie nie und aufwen-
dige Hobbys hatte er nicht.
   Seine große Leidenschaft war die Zucht und das
Sammeln ausgestorbener Gemüsepflanzen. Aus diesem
Grund hatte er schon vor Jahren ein am Ortsrand gelege-
nes Gartengrundstück gekauft und für seine Zwecke her-
gerichtet. So hatte er das Grundstück karnickelsicher

eingezäunt und mit landschaftstypischen Hecken bepflanzt. Der Zaun war mit Efeu bewachsen, so daß das Grundstück von außen nur sehr schwer einsehbar war. Im Laufe der Zeit waren ein kleines Gartenhaus und ein Gewächshaus dazugekommen. Im Sommer pflegte Fleuth an den Wochenenden im Gartenhaus zu übernachten. In den lauen Sommernächten, die selbst im Westerwald hin und wieder vorkamen, saß er mit Holzer zusammen bei einer oder manchmal auch zwei Flaschen Rotwein vor der Hütte und sie philosophierten über Gott und die Welt, meistens aber über die Ereignisse, die in der kleinen Stadt so geschahen.

Fleuth mußte auf dem Weg zur Gaststätte Kasper an Holzers Haus vorbei. Holzer stand schon wartend vor der Haustür. Gemeinsam gingen sie die Bahnhofstraße hinunter in Richtung Kneipe. Der Biergarten war an diesem Abend nur schwach besetzt. Es war Urlaubszeit und die großen Ferien hatten gerade begonnen. Sie setzten sich an einen der rückwärtigen Tische, von denen aus man alles sehen und sich ungestört unterhalten konnte. Nachdem sie ihre Bestellung aufgegeben hatten, fragte Holzer nach besonderen Vorkommnissen in der Stadt. Die Frage gehörte zu den festen Ritualen, die sich zwischen den beiden eingebürgert hatten. Fleuth war über die Vorkommnisse in der Stadt immer bestens informiert. Er saß innerhalb der Verwaltung an der Schnittstelle, an der alle Informationen zusammenliefen. Im Übrigen war er auch der Vertraute von Bürgermeister Kolb. Nicht daß er amtliche Informationen nach außen getragen hätte, das Gegenteil war eher der Fall. Fleuth war sehr verschwiegen und zuverlässig, nur seinem Freund Holzer gegenüber machte er gelegentlich eine Ausnahme, da er sicher war, daß der seine Mitteilungen vertraulich behandelte.

Gelegentlich brauchte er auch Holzers Rat und seine eigentümliche Sichtweise der Dinge, wenn er mit den Problemen, die man ihm anvertraut hatte, nicht alleine zu Rande kam. Besonders heikel wurde es, wenn der Bürgermeister ihn vertraulich um seinen Rat bat, in solchen Fällen bat er sich Bedenkzeit aus und besprach sich mit seinem Freund Holzer. Holzer war auf diese Weise ein Berater des Bürgermeisters geworden, ohne daß dieser auch nur die geringste Ahnung davon hatte. In stillen Stunden mußte Holzer deshalb manchmal grinsen.

„Du hattest heute einen Zusammenstoß mit dem Eisenbrey", beantwortete Fleuth die Frage seines Freundes.

Holzer stutzte und sah ihn erstaunt an: „Donnerlittschen, datt hat sich abber schnell rumgesproche. Also der Eisenbrey war datt. So lernt mer sich kenne."

„Ja, der kam heute Nachmittag wie ein angestochenes Kalb ins Rathaus gestürmt und bestand darauf, den Bürgermeister sofort zu sprechen. Ich hörte dann, wie er sich lautstark über einen Menschen aufregte, der ihn heimtückisch überfallen und in der Jagdausübung behindert habe. Kurz und gut, er gebrauchte für diesen Menschen die Bezeichnung Wurzelsepp und auch sonst paßte die Beschreibung irgendwie auf dich."

„Wie hatt der misch geheise? Wurzelsepp, dem gebb isch Wurzelsepp", regte Holzer sich auf, „ich glaub, mit dem werd isch noch eh paar Hühner rupfe müsse!"

Fleuth lachte und sagte: „Was war denn jetzt wirklich, was hast du denn mit dem angestellt?"

Holzer schilderte den Vorfall, wie er sich zugetragen hatte. Fleuth war beeindruckt.

„Den hast du regelrecht entwaffnet, starke Nummer, da wäre ich gerne dabei gewesen. Aber du solltest vorsichtig sein, der Eisenbrey hat einen großen Einfluß, sogar bis in die Politik, der wird die Sache nicht auf sich beruhen lassen."

„Der soll nur komme, der grün Hansel", sagte Holzer.

Holzer hatte davon gehört, daß ein Unternehmer aus einer der Nachbargemeinden die Jagd gepachtet hatte. Dieser Unternehmer war Eisenbrey. Holzer kannte Eisenbrey nicht persönlich und hatte ihn am Nachmittag auch nicht erkannt. Jetzt, durch Fleuths Rede, war ihm klar geworden, mit wem er am Nachmittag zusammengerasselt war. Gehört hatte er allerdings schon von ihm und das, was er gehört hatte, war nicht sehr positiv.

Erich Eisenbrey war ein kleiner Mann von hagerer Statur. Irgendwie war er zu klein für seine Größe. Von Beruf war er Elektrikermeister und hatte vor einigen Jahren mit seiner Installationsfirma, sie bestand damals aus ihm und einem Lehrling, die Elektroinstallation in einem Wochenendhaus der besonderen Art durchgeführt. Diese Wochenendhaus war von der Sorte, daß Normalsterbliche einiges dafür gegeben hätten, wenn sie nicht nur die Wochenenden sondern, ihr ganzes Leben darin hätten verbringen dürfen. Für die meisten Leute des kleinen Dorfes waren Häuser dieser Art unerschwinglich und sie wunderten sich, daß es in diesem, unserem Land Menschen gab, die es sich leisten konnten, solche komfortablen Häuser an nur fünf Wochenenden im Jahr zu bewohnen.

Der Besitzer dieses Anwesens, ein gewisser Dr. Scharf, war Personalchef einer großen Firma im Rhein – Main Gebiet. Er und Eisenbrey hatten sich auf Anhieb verstanden und bei der Hausübergabe wurde man sich schnell über die Kosten der Elektroinstallation und deren Verrechnung, zugunsten Dr. Scharfs, einig. Im Gegenzug teilte er Eisenbrey mit, daß sein Unternehmen ständig Fach – und Hilfskräfte benötige, die man aus bestimmten Gründen nicht selbst einstellen wollte. Der Westerwald, so Scharf, böte doch mit seiner hohen Arbeitslosigkeit ein schier unerschöpfliches Reservoir an billigen Arbeitern und Fachkräften, das man nur anzuzapfen brauchte.
Erich Eisenbrey hatte verstanden.

In der Folgezeit heuerte er ständig Männer aus dem Dorf an, die er an eben dieses Großunternehmen vermietete. Die Menschen aus dem Dorf, besonders die Nebenerwerbslandwirte, waren froh, in dieser strukturschwachen Gegend Arbeit zu bekommen.

Nach einiger Zeit machte ihm sein neuer Freund Scharf eine überraschende Offerte. Sein Unternehmen, so Scharf, beabsichtige, bestimmte Arbeiten an Subunternehmen zu vergeben, wenn er wollte könnte er die Aufträge haben.
Eisenbrey wollte.

Innerhalb kürzester Zeit baute er eine Halle auf die grüne Wiese und stellte Leute aus dem Dorf ein. Die Produktion begann von Anfang an mit Überstunden. Aus dem kleinen Elektroinstallateur Eisenbrey war, innerhalb von Monaten der reichste Mann des Dorfes geworden. Die Leute grüßten ihn höflich, wenn er sonntags mit seiner Familie zum Kirchgang antrat, nicht wissend um die Höhe der Gelder, die er dem Großunternehmen für ihre Arbeit in Rechnung stellte.

Sie waren zufrieden, die Leute des Dorfes.

Bisher hatten sie mühsam von ihrer Landwirschaft leben müssen und jetzt verdienten sie richtiges Geld. Das sie dafür täglich zwei bis drei Stunden Fahrzeit in Kauf nehmen mußten und ihr Stundenlohn nur ein Teil des üblichen Stundenlohns war, wußten die wenigsten und die, die es wußten, störte es nicht Hauptsache sie hatten Arbeit. Man war ihm dankbar, dem Erich, der soviel für den Ort getan hatte.

Im Laufe weniger Monate hatte die Firma Eisenbrey drei große Hallen gebaut. Das Gelände war ihr von der Gemeinde kostenlos zur Verfügung gestellt worden und im Gemeinderat, der zum größten Teil bei Eisenbrey arbeitete, hatte man die Firma für die nächsten zehn Jahre von allen Gemeindesteuern befreit. In diesen neu errichteten Hallen wurde die von dem Großunternehmen ausgelagerte Produktion gefertigt.

Von da an dauerte es nicht mehr lange, bis das halbe Dorf bei Eisenbrey beschäftigt war. Eisenbrey hatte sich zwischenzeitlich mehrere Standbeine geschaffen, er war nicht mehr nur von einem Unternehmen abhängig. In seinen Hallen produzierte er inzwischen alle möglichen Kleinteile auf eigene Rechnung. Er hatte alte Maschinen aus Konkursmassen gekauft und fertigte alles, was anfiel. Seitdem arbeiteten viele Frauen aus dem Dorf in seiner Fabrik. Einfache Frauen, die keine Ausbildung hatten und froh waren, einer Hilfsarbeitertätigkeit nachgehen zu dürfen.

In der Führung seines Unternehmens hatte Eisenbrey, unabhängig von den Fähigkeiten, seine gesamte Familie untergebracht. Man hatte den Familienmitgliedern fachkundiges Personal unterstellt, welches die Aufgabe hatte, den Schaden der „familiären Vorgesetzten" in Grenzen zu halten.

Man war ihm verpflichtet, dem Erich Eisenbrey. In der Kirche wurde durch ein Messingschild eine Bank für ihn und seine Familie freigehalten. Es war die einzige Bank in der Kirche, die freigehalten wurde und die mit einem Messingschild versehen war.

Manchmal hörte man merkwürdige Gerüchte von den verschiedenen Arbeitsstellen. Ein Gerücht tauchte immer wieder auf und hielt sich hartnäckig. Es betraf die Abrechnungspraktiken der Firma Eisenbrey. So soll die Firma immer wieder Gesellen als Meister und Lehrlinge als Gesellen abgerechnet haben. Die Arbeiter erzählten sich die Geschichten hinter vorgehaltener Hand, als Beispiel für die Clevernis ihres Chefs und seines skrupellosen Geschäftsführers. Auch soll gelegentlich das eine oder andere Bündel Geldscheine den Besitzer gewechselt haben, wenn es um das Erlangen eines Auftrags ging oder wenn es galt, einen Vorgang zu beschleunigen.
Eisenbrey war eben clever und wußte wie der Hase lief.

Erich Eisenbrey hatte für sich und seine Familie eine repräsentative Villa bauen lassen. Er selbst hatte sich einen eigenen Chauffeur zugelegt, der ihn überallhin begleitete. Man munkelte von einer homoerotischen Beziehung zwischen ihm und seinem Chauffeur, aber nichts Genaues wußte man.

Eisenbrey pflegte jeden Freitag die einzige Kneipe des kleinen Ortes aufzusuchen, um sich gönnerhaft zu seinen Arbeitern zu setzen, ein paar Lokalrunden auszugeben und den Speichelleckern zuzuhören, die sich sofort um ihn scharten.
Er genoß diese Auftritte.

Kritiker hatte er keine mehr im Dorf, die waren längst kaltgestellt, entlassen aus seiner Firma und aus seiner Obhut. Eisenbrey wußte, wie er seinen Laden sauber hielt. Menschen, die ihm kritisch gegenüberstanden wurden mit einem Pöstchen in seiner Firma bedacht und so mudtot gemacht oder, wenn das nicht funktionierte, sorgte er dafür, daß sie im Dorf gesellschaftlich geächtet waren.

Die Villa diente oft als Austragungsort aufwendiger Feste, zu denen er seine Geschäftspartner mit ihren Gattinnen einlud. Er bewirtete seine Gäste nur vom Allerfeinsten, so daß seine Feste bald einen gewissen Ruf hatten. Es konnte leicht sein, daß die Bewirtungskosten für ein Fest höher waren, als das Jahreseinkommen eines seiner Arbeiter. Eisenbrey betrachtete das als Investitionen.

Einigen seiner Geschäftspartner hatte er billige Baugrundstücke für ihre Wochenendhäuser auf dem Gebiet der Gemeinde besorgt. Der Bürgermeister war ihm dabei hilfreich zur Hand gegangen. In der Weihnachtszeit ließ er für die mit einem Wochenendhaus seßhaft gewordenen Manager allerlei Schmiedearbeiten, wie Kaminabdeckungen, Kaminbestecke oder kunstvolle Gartentüren anfertigen. Er hatte einen seiner Arbeiter, der sich auf Kunstschmiedearbeiten verstand, extra dafür freigestellt.
Eisenbrey wußte, wie man sich Leute verpflichtete.

Zwei Dinge gab es in Eisenbreys Leben, die er noch nicht zu seiner Zufriedenheit gelöst hatte. Das eine war seine mangelnde Bildung. Er bewegte sich fast ausschließlich unter promovierten Leuten und konnte bei vielen Themen nicht mitreden und er hatte keine eigene Jagd, ja noch nicht einmal einen Jagdschein. Was die mangelnde Bildung betraf, so hatte er dieses zu kompensieren versucht, indem er seine Frau dazu vergatterte, sich um, wie er es nannte, „Stil und Formen", zu kümmern. Sie verpflichtete daraufhin eine Hausdame, die sie in all diesen Fragen beriet und auch einen gewissen Kunstverstand hatte.

So waren unter ihrer fachkundigen Anleitung einige gute Kopien von Expressionisten angeschafft worden, die jetzt das Eisenbreysche Wohnzimmer schmückten. Eisenbrey, der mit Kunst kaum etwas am Hut hatte, war sehr zufrieden und hatte für ein Bild von August Macke einen Kommentar auswendig gelernt, mit dem er bei seinen Gästen Eindruck schinden konnte. Das Bild hieß „Dame mit grüner Jacke".

Eisenbrey verkaufte es als sein ultimatives Lieblingsbild. Er lobte das leuchtende Kolorit, den klaren Bildaufbau und die lyrische Grundstimmung des Bildes. Bei nicht kunstverständigen Menschen machte dies einen tiefen Eindruck. Eisenbrey hatte versucht das Original zu kaufen, er hatte einen hohen Preis geboten, doch der Besitzer, das Museum „Ludwig" in Köln, hatte abgelehnt.

Mit der Jagd tat er sich schwerer. Er wurde zwar oft zur Jagd eingeladen, mußte aber dann absagen, da er den Jagdschein nicht hatte. Er stellte fest, daß ein Mann in seiner gesellschaftlichen Position dringend den Jagdschein brauchte, nur war der mit erheblichem Aufwand verbunden. Da half auch der gute Kontakt zu den Beamten der unteren Jagdbehörde nichts, den er hoffnungsvoll, über einen befreundeten Jäger geknüpft hatte und denen er für ihre Weihnachtsfeier ein Wildschwein spendiert hatte.

Immer mehr seiner Arbeiter mußten ihre Nebenerwerbslandwirtschaft aufgeben. Sie war zu arbeitsaufwendig. Die meisten von ihnen arbeiteten im Großraum Frankfurt und hatten neben ihrer Schicht noch 2 - 3 Stunden Fahrt pro Tag hinter sich. Hinzu kam, daß oft Überstunden anfielen, so daß die Landwirtschaft oft an ihren Frauen hängen blieb.

Eisenbrey kaufte die Landflächen seiner Arbeiter auf. Er zahlte fünfzig Prozent über dem Marktwert, was den Besitzern als gutes Geschäft erschien, da Ackerland im hohen Westerwald schwer verkäuflich und recht billig war. Nach einigen Jahren gehörten ihm fast dreiviertel der, zum Dorf gehörenden Landflächen.

Eisenbrey leistete sich jetzt ein kostspieliges Hobby, er baute einen alten Bauernhof zu einem großen landwirtschaftlichen Anwesen um, auf dem die Pferde seiner Kinder, etliche Rinder; Schweine, Schafe und das ganze Kleingetier, das zu einem Bauernhof gehört, gehalten wurde.

Der Hof wurde von einem Schwager Eisenbreys geleitet, dem ein Agraringenieur zur Seite stand. Dies war nötig, da der Schwager, wie die meisten Verwandten Eisenbreys, einen Posten in der Firma begleidete, für den er gänzlich ungeeignet war. In der Industrie hätte man diese Leute Frühstücksdirektoren genannt. Eisenbrey verfolgte mit dieser Personalpolitik ein bestimmtes Ziel. Er hatte auf diese Weise seine gesamte Verwandtschaft in der Hand. Alle waren in irgendeiner Form von ihm abhängig und alle wußten, in der freien Wirtschaft hätten sie niemals eine adäquate Stellung gefunden. Die Klügeren seiner Verwandten hatten das begriffen, beschränkten sich aufs Repräsentieren und hielten sich, was Entscheidungen in ihrem Ressort betraf, zurück. Sie überließen geschäftliche Entscheidungen den ihnen unterstellten Fachleuten.

Eisenbrey war der erste Mann im Dorf geworden, keine politische Entscheidung wurde ohne seine Zustimmung getroffen. Er hatte sich eine Art Königreich geschaffen und doch war er nicht zufrieden. Ihn wurmte, daß er keinen Jagdschein und keine eigene Jagd hatte. Für den Jagdschein mußte er einen von der Jagdbehörde zugelassenen Lehrgang besuchen, der über ein Jahr dauerte, außerdem mußte er den praktischen Teil der Ausbildung als Jungjäger bei einem Revierinhaber absolvieren. Was das bedeutete, hatte er in Gesprächen mit Jagdscheininhabern erfahren. Körperliche Arbeit im Revier, früh aufstehen, im Winter auf zugigen Hochsitzen sitzen, nein das war nicht seine Welt, da hatte er seine Leute für.

Jagd war für ihn ein gesellschaftliches Ereignis, zu dem man Geschäftsfreunde einlud, mit ihnen durchs Revier ging und dabei Geschäfte besprach. Gelegentlich ließ man sich ein Reh vor den Lauf treiben, das man dann in aller Gemütlichkeit abschoß. Abends wurde dann die Strecke begossen. Das waren Eisenbreys Vorstellungen von Jagd, für die anfallenden Arbeiten hatte er seine Lakaien.

Eines Tages, Eisenbrey war gerade auf den Firmenparkplatz gefahren, beobachtete er, wie zwei seiner Arbeiter etwas in ihre Autos umluden. Erst dachte er, die beklauten die Firma, aber dann stellte sich heraus, daß sie ein halbes Reh verluden. Auf seine Nachfrage erfuhr er, daß der Bruder des einen Arbeiters Jäger war und für einen Jagdpächter in der Nachbargemeinde, das Revier pflegte. Als Gegenleistung durfte er sich halbjährlich ein Reh schießen. Da der Jäger kein Rehfleisch mochte und ansonsten immer knapp bei Kasse war, hatte er das Reh verkauft. Sein Bruder hatte diesmal den Verkauf an einen Kollegen in die Wege geleitet. Eisenbrey ging nachdenklich in sein Büro.

Am Nachmittag ließ er den Leiter der Fertigung in sein Büro kommen und erkundigte sich nach den beiden Arbeitern. Egon Zacharias hieß der Arbeiter, der gelegentlich im Auftrag seines Bruders Rehe verkaufte. Er sei Hilfsarbeiter und so eine Art Mädchen für alles, sehr anstellig und loyal und wenn es darum ging, Überstunden zu machen, abends noch eine Lieferung entgegenzunehmen oder am Wochenende zu arbeiten, könne man immer auf ihn zählen. Ansonsten dürfe man keine geistigen Höchstleistungen von ihm erwarten, er sei geistig etwas „einfach strukturiert", sagte der Fertigungsleiter. Eisenbrey nickte zufrieden, das war genau der Mann, den er brauchte. Er teilte dem Fertigungsleiter mit, daß Egon Zacharias ab sofort zu seiner besonderen Verfügung stand. Nur wenn von seiner Seite nichts anlag, dann sollte er ganz normal seinen Job machen.

Egon Zacharias fühlte sich geschmeichelt, als er das Büro des Chefs verließ. Eisenbrey hatte ihn zu sich bestellt und ihm mitgeteilt, daß er ab sofort zu seiner besonderen Verfügung stand. Wie sich das anhörte, „zur besonderen Verfügung des Chefs", Zacharias Brustumfang hatte um einige Zentimeter zugenommen. Der Chef hatte ihn nach seinem Bruder gefragt, hatte gesagt, daß er ein Herz für Jäger habe und was denn der Bruder von Beruf sei. Schlosser, hatte Egon Zacharias geantwortet. Sie suchten gerade einen Schlosser, hatte Eisenbrey gesagt und ob der Bruder nicht für ihn arbeiten wolle. Zacharias wollte ihn fragen.

Am nächsten Tag wollte Zacharias für sich und seinen Bruder einen Termin bei Eisenbrey . Sie wurden sofort vorgelassen. Nach einer halben Stunde waren sie sich einig, der Bruder fing am nächsten Ersten zu einem Spitzenlohn an. Egons Lohn wurde auch deutlich angehoben. Sie sollten über die Lohnerhöhung Stillschweigen bewahren.

Eisenbrey hatte erfahren, daß der Pachtvertrag der Gemeindejagd auslief und daß der jetzige Pächter, ein Rechtsanwalt aus Limburg, fest mit einer Verlängerung rechnete. Eisenbrey intervenierte beim Bürgermeister. Einer seiner Arbeiter, so Eisenbrey, würde die Jagd gerne pachten. Er als ortsansässiger und der Region verpflichteter Unternehmer würde ihn dabei unterstützen. Es sei nicht in Ordnung, daß Ortsfremde hier in der Gemeinde das Jagdrecht ausübten, während einheimische Jäger in die Röhre schauten.
Eisenbrey hatte sich gut vorbereitet.
Er betonte die Vorteile eines einheimischen Pächters, seine soziale Bindung an die Gemeinde und die leichtere Regulierung von Wildschäden.
Der Bürgermeister hatte verstanden.
Über für Außenstehende nicht nachzuvollziehende Kanäle und gute Kontakte zur unteren Jagdbehörde erhielt Willi Zacharias den Zuschlag. Endlich hatte Eisenbrey sein eigenes Revier und Willi Zacharias war sein Strohmann.
Eisenbrey hatte ihn zwei Tage die Woche von der Arbeit freigestellt, damit er sich um das Revier kümmern konnte. Das mit seinem Jagdschein würde er auch noch regeln. Gelegentlich ging er mit Zacharias durchs Revier, das eine beträchtliche Größe hatte und zum großen Teil Naherholungsgebiet der benachbarten Stadt war.
Er hatte sich das für einen Jäger nötige Outfit schon einmal zugelegt und fand Gefallen an der Sache. Eisenbrey betrachtete sein Revier als sein Privateigentum und jeden Spaziergänger, und davon gab es eine ganze Menge, als einen Eindringling, der dort nichts zu suchen hat-

ten. Besonders gingen ihm die Reiter auf die Nerven, die nach seiner Auffassung nichts im Wald, geschweige denn in seinem Revier zu suchen hatten. Sie kamen von einem Reiterhof aus der nahen Stadt.

Überhaupt ärgerte es ihn, daß die Leute aus der Stadt keinerlei Respekt vor ihm hatten. Eisenbrey brauchte jetzt dringend den Jagdschein. Zacharias hatte einfach nicht die Autorität, diese Leute in die Schranken zu weisen.

Eisenbrey hatte erfahren, daß es in Norddeutschland eine Schule gab, in der die theoretische Ausbildung, die sogenannte Fachkunde für die Jägerprüfung, in kürzester Zeit gemacht werden konnte. Die Teilnahme an einem solchen Kursus war, unabhängig von der Jägerprüfung, Pflicht. Den praktischen Teil konnte er mit Zacharias in seinem eigenen Revier machen.

Eisenbrey sorgte jetzt dafür, das Zacharias die Beamten der Jagdbehörde des öfteren zur Jagd einlud, unauffällig versteht sich, so daß Eisenbrey die Herren nach und nach kennenlernte. An ihren Geburtstagen gab es dann kleine jagdliche Präsente, die einerseits so klein waren, daß sie nicht als Bestechung gewertet werden konnten, ihm andererseits jedoch die Beamten gewogen machten.

Einer der Beamten war ihm aufgefallen. Er baute sich in einer Nachbargemeinde gerade ein Haus in Eigenarbeit. Eisenbrey hatte ihm angeboten, Material für die Elektroinstallation über seine Firma zu besorgen. Der Beamte kam jetzt darauf zurück und Eisenbrey lieferte umgehend die gewünschten Materialien, einschließlich zweier Elektroinstallateure die, mit dem entsprechenden Werkzeug ausgerüstet, innerhalb einer Woche, die gesamte Elektroinstallation ausführten. Eisenbrey ließ es sich nicht nehmen, in seiner Eigenschaft als Elektroinstallateurmeister, die Abnahme selbst durchzuführen. Daß der Beamte im Prüfungsausschusses für die Jägerprüfung war, das war natürlich Zufall.

Einige Zeit später hatte Eisenbrey seinen Jagdschein oder das „grüne Abitur", wie man den Jagdschein unter Hobbyjägern, durchaus nicht scherzhaft, bezeichnete. Ein Herr Erich Eisenbrey hatte sich die für die Jagd erforderliche Fach- und Sachkunde bei einem von der Jagdbehörde zugelassenen Kursus, einer Jagdschule in Norddeutschland, erworben und danach die Jägerprüfung mit Bravour bestanden. Daß Eisenbreys Strohmann, Willi Zacharias just auf den Tag genau für die Dauer des Kursus Urlaub hatte, war weiter gar nicht aufgefallen. Die theoretische Prüfung war dann, dank seiner exzellenten Beziehungen zum hiesigen Prüfungsausschuß, ein Klax gewesen. Einzig für die praktische Prüfung, hier ist besonders das Schießen zu erwähnen, mußte er unter der Anleitung von Zacharias einiges tun.

Eisenbrey war mit sich und der Welt zufrieden und hatte den Jagdschein beantragt. Mittwoch Morgen hatte er ihn auf der Genehmigungsbehörde abgeholt, und schon am späten Nachmittag war er auf einem Kontrollgang in seinem Revier. Es war der Nachmittag, an dem er mit Holzer zusammenstieß.

Seine Stimmung war nach der Auseinandersetzung mit Holzer auf dem Nullpunkt. Eisenbrey konnte es nicht ertragen, wenn man ihn nicht ernst nahm und dieser unmögliche Mensch hatte ihn zu keinem Zeitpunkt des Zusammenstoßes ernst genommen. Eisenbrey verzieh so etwas nicht, er war es gewohnt, daß man seinen Anordnungen widerspruchslos Folge leistete.

Er war sofort zum Bürgermeister der Nachbarstadt gefahren, da der Zusammenstoß mit Holzer auf städtischem Gebiet erfolgt war. Lautstark war er bei Bürgermeister Kolb ins Büro eingedrungen und hatte dort seine Beschwerde in einer Art vorgebracht, die eigentlich nicht seiner im geschäftlichen Leben gelernten Diplomatie entsprach. Ebenso wenig war sie geeignet, bei dem Bürgermeister auch nur die geringste Spur von Sympathie hervorzurufen. Der ließ ihn eine Weile toben. Als Eisenbrey Luft holte, unterbrach ihn Kolb: „Wenn ich Sie richtig verstanden habe, sind Sie der Jagdpächter des Gemeindereviers unserer Nachbargemeinde, Sie sind aber in unserem Stadtwald von einem Unbekanntem an der Jagdausübung gehindert worden. Diesen Unbekannten suchen Sie jetzt. Werter Herr, wenn Sie diesen Mann gefunden haben, bedanken Sie sich in meinem und im Namen unseres Jagdpächters bei ihm, daß er Sie am Wildern gehindert hat und jetzt, jetzt verlassen Sie auf dem schnellsten Wege mein Büro, sonst rufe ich die Polizei und zeige sie höchst persönlich wegen Wilderei an."

Eisenbrey starrte ihn fassungslos an, drehte sich um und verließ wie in Trance das Büro des Bürgermeisters. Im Auto rief er seinen Rechtsanwalt an. Eine halbe Stunde später saß er in dessen Büro.

„Mann, Mann, Sie haben Nerven", sagte der Anwalt, der selbst Jäger war, nachdem er sich die Geschichte angehört hatte.

„Seien Sie froh, wenn die Sache für Sie so glimpflich ausgeht, das kann Sie den Jagdschein kosten. Sie haben in einem fremden Revier jemanden mit der Waffe bedroht, das erfüllt den Tatbestand der Nötigung und der versuchten Wilderei."

Eisenbrey zuckte.

Der Rechtsanwalt hatte den Eindruck, daß Eisenbrey in keinster Weise über die sich aus dem Jagdrecht ergebenden Rechte und Pflichten informiert war, und versuchte, seinem Hauptklienten in einer Kurzfassung dieses Thema nahezubringen. Eisenbrey hörte geistesabwesend zu, nur bei einem Punkt des Vortrages spitzte er die Ohren und stellte einige Fragen. Danach war seine Laune um einiges besser. Nachdem Eisenbrey gegangen war, saß der Anwalt noch eine Weile grübelnd am Schreibtisch und fragte sich, wie man mit solchen Wissenslücken die Jägerprüfung bestehen konnte.

Eisenbrey fuhr nach Hause und war den ganzen Tag für niemanden mehr zu sprechen. Er mußte nachdenken.

Holzer bestellte eine neue Lage Bier.

„So, da hat also der Eisenbrey die Jagd gepachtet", sagte Holzer.

„Nein", sagte Fleuth, „einer der Arbeiter hat einen Jagdschein und hat die Jagd im Auftrag von Eisenbrey gepachtet. Der Eisenbrey hatte damals überhaupt keinen Jagdschein."

„Dann is der Eisenbrey also gar net der Pächter?" fragte Holzer. „Dat is interessant, sehr interessant."

„Sag mal, wo hat sich dein Zusammenstoß mit Eisenbrey eigentlich abgespielt?"

„Oberhalb von dem Jansen seim Hof, kurz vor der Wegkreuzung."

„Wo es links zur Kapelle hochgeht?"

Holzer nickte.

„Jetzt hast du ihn im Sack", grinste Fleuth, „der hat da nämlich gar nix zu suchen, der Eisenbrey."

Holzer sah ihn erstaunt an.

„Die Reviergrenze verläuft direkt vor der Kapelle. Der Ort, wo der dich angesprochen hat gehört schon zum städtischen Revier. Der Pächter ist der Groß. Wenn der hört, daß der Eisenbrey mit dem Gewehr in seinem Revier rumgelaufen ist, ei, ei, das gibt Ärger", sagte Fleuth und grinste breit.

Gegen 23°° Uhr verließen sie die Kneipe und gingen nach Hause.

3.Kapitel

Holzer war früh auf den Beinen. Er wollte eine seiner Tagestouren machen und sich dabei etwas um seinen neuen Feind Eisenbrey kümmern. Er packte Proviant in seinen Brotbeutel, hängte sich das Fernglas um den Hals und verließ das Haus. Zu seiner Überraschung saß Fleuth auf der Bank neben der Haustür. Er sah für seine Verhältnisse erstaunlich aus, trug Jeans und ein dunkelgrünes T – Shirt, auf dem Kopf einen Hut aus olivgrünem Segeltuch, so hatte Holzer ihn noch nie gesehen. Sämtliche Grauheit schien heute von ihm gewichen.

„Ich habe es mir überlegt", sagte er, „ich gehe doch mit." Holzer hatte ihm am Abend in der Kneipe erzählt, daß er sich Eisenbreys Anwesen und sein Revier einmal näher ansehen wollte. Da Fleuth am nächsten Tag nicht arbeiten mußte, hätte er ohne weiteres mitgehen können, Holzer hatte auch im Stillen gehofft, daß er es tun würde, aber Fleuth hatte abgesagt. Er müße sich dringend um seinen Garten kümmern, hatte er gesagt. Der wäre in der letzten Zeit etwas zu kurz gekommen.

Nun war er doch da.

„Schön dat de dei Meinung geändert hast", sagte Holzer.

„Du willst dir wirklich von dem Eisenbrey seinen Verhältnissen ein Bild machen?" fragte Fleuth.

„Klar ich muß doch wisse mit wem ich et zu tun hab."

Es war ein wunderschöner Sommermorgen. Das Gras war noch feucht und irgendwo in den Wiesen stieg trällernd eine Lerche auf. Am Himmel zog ein Bussard seine Kreise. Vom Kirchturm erklangen Glocken. Es läutete zur Morgenmesse. Alles war noch friedlich und taufrisch. Sie gingen denselben Weg, den Holzer gestern gegangen war, und kamen zum Tannenhof. Hier herrschte trotz der frühen Stunde schon geschäftiges Treiben.

Eine Gruppe junger Mädchen machte sich zum Ausreiten fertig. Mitten in dem schnatternden Pulk stand der Besitzer des Hofes, Klaus Jansen, und gab letzte Anweisungen. Dann entfernten sich die Reiterinnen gutgelaunt über Jansens Ostkoppel in Richtung Wald.

Man konnte von Jansens Pferdekoppel direkt in den Wald reiten, das war eine gute Sache, die von den Reitern sehr geschätzt wurde. Jansen hatte zu diesem Zweck ein kleines Tor in den Zaun gebaut, das durch ein Schloß gesichert war. Jeder Reiter erhielt einen Schlüssel, für den zehn Mark Pfand hinterlegt werden mußte.

Die Reiter machten oft weite Touren, so daß Jansen es für nötig hielt, Landkarten zu verkaufen. Es war schon vorgekommen, daß sich Gäste hoffnungslos verirrt hatten. Jansen kümmerte sich um das Wohl seiner Gäste.

Jetzt war der größte Teil der Reiter verschwunden und wieder Ruhe auf dem Hof. Klaus Jansen drehte sich um und erblickte Holzer und Fleuth am Hoftor. Er bedeutete ihnen hereinzukommen und lud sie zum zweiten Frühstück ein. Holzer hatte damit gerechnet und dementsprechend zu Hause wenig gefrühstückt. Jansen und Holzer kannten sich schon einige Jahre und hatten sich schätzen gelernt. Holzer war von der Konsequenz, mit der Jansen sein Ding durchzog, beeindruckt und Jansen schätzte den Eigenbrötler Holzer.

Jansen hatte unter den Bauern nicht viele Freunde. Für sie war er einer von den Neumodischen, die immer alles anders machten, statt auf Altbewährtes zu setzen. So war die Meinung, als Jansen anfing den Hof zu bewirtschaften. Die alteingesessenen Bauern hatten Wetten abgeschlossen, wie lange Jansen durchhalten würde. Nachdem alle Wetten zeitlich überholt waren und der Hof anfing Geld abzuwerfen, wurden einige Bauern neidisch. Sie versuchten, Jansen Knüppel zwischen die Beine zu werfen. So gab es immer wieder Streit um das Pachtland.

Die meisten Bauern waren darauf angewiesen Land zu pachten, da ihr eigener Besitz nicht ausreichte die Betriebe rentabel zu bewirtschaften. Bevor Jansen kam, war das auch kein Problem, sie mähten einfach ohne zu fragen und ohne gültige Pachtverträge die Wiesen, die von ihren Besitzern nicht mehr bewirtschaftet wurden. Den meisten Grundbesitzern war das recht, da sie sich nicht weiter um ihre Grundstücke zu kümmern brauchten. Einige von ihnen ärgerten sich, weil sie noch nicht einmal gefragt wurden. Besonders ärgerlich war die Unzuverlässigkeit der Bauern, da man sich nie darauf verlassen konnte ob das Land bewirtschaftet wurde. In dem einen Jahr wurden die Wiesen gemäht, im nächsten Jahr wiederum nicht.

Jansen hatte, gegen einen kleinen Obolus, ordnungsgemäße Pachtverträge abgeschlossen und damit die anderen Bauern verärgert. Sie rächten sich auf ihre Art, indem sie auf die Verpächter einwirkten, die mit Jansen abgeschlossenen Pachtverträge zu kündigen und ihnen die Flächen zu verpachten. Ein Teil der Verpächter versuchte die Pachtverträge zu kündigen. Jansen hatte jedoch alle Verträge in schriftlicher Form auf vier Jahre abgeschlossen und bestand auf strikte Einhaltung. Der größte Teil der Verpächter war jedoch froh, den überheblichen und unzuverlässigen Bauern eins ausgewischt zu haben.

Das Fehlschlagen ihrer Aktion ergrimmte die Großbauern Güth und Müller, die als Wortführer gegen Jansen aufgetreten waren. Besonders sauer waren die beiden Söhne Gerald und Fritz, beides Jungbauern, die später die Höfe übernehmen sollten. Sie waren als Heißsporne bekannt und hatten schon manches üble Ding gedreht, das anderswo möglicherweise im Gefängnis geendet hätte, hier auf dem Land aber unter „verzeihlichen Jugendsünden" lief. Die meisten der anderen Bauern hielten sich nach der gescheiterten Aktion bedeckt und zogen sich aus dem Komplott gegen Jansen zurück.

In der Folgezeit passierten auf Jansens Anwesen einige Merkwürdigkeiten, die kaum Zufall sein konnten. So brannten in den letzten Jahren eine Feldscheune und ein Strohlager ab. Der einzige Trecker Jansens hatte einen mysteriösen, nicht zu reparierenden Motorschaden mitten in der Heuernte, so daß Jansen ein Lohnunternehmen beauftragen mußte, was ihn eine Stange Geld gekostet hatte. Dieses Lohnunternehmen hatte Jansen dann im Herbst, als er einen Mähdrescher für den Weizen brauchte, mitgeteilt, daß es von ihm keinerlei Aufträge entgegen nehmen würde. Offensichtlich war es von den anderen Bauern unter Druck gesetzt worden.

Jansen war gezwungen ein Unternehmen von „außerhalb" zu beauftragen, das sich die weite Anfahrt natürlich bezahlen ließ. Beim Mähen passierte dann ein schwerer Schaden an dem Mähdrescher. Irgendjemand hatte ein Stück Stahl ins Weizenfeld gehängt, das dann ins Mähwerk geraten war und es vollständig zerstört hatte. Zum Glück war der Weizen schon fast geerntet. Durchgeschnittene Zäune waren schon fast Kleinigkeiten, die kaum erwähnenswert waren.

Das war die Situation des Tannenhofes. Jansen wußte, daß dies keine Zufälle waren und hielt die Augen auf.

Fleuth und Holzer hatten sich in der Küche auf der Eckbank niedergelassen, während Jansen den Tisch deckte. Aus dem Nebenraum drang Stimmengewirr, es war der Speiseraum für die Pensionsgäste. Jansens Frau lief geschäftig hin und her, um die Gäste zu bewirten. Jansen hatte sich zu den beiden an den Tisch gesetzt.

„Na was treibt Euch denn so früh heraus?" fragte er.

„Du weißt doch, et gibt nix Schöneres, als um die Zeit durch Gottes Natur zu wandern", antwortete Holzer.

„Ihr habt's gut", sagte Jansen, „für unsereins geht's jetzt erst richtig los."

„Aber die Geschäfte gehn doch gut, dat Haus is voll Gäst, wat willst Du noch mehr", sagte Holzer.

„Ich beschwere mich auch gar nicht", sagte Jansen, „wenn nur der andere Mist nicht wäre."

„Wieso, is widder wat gewese?" erkundigte sich Holzer, der, genauso wie Fleuth, über die Vorfälle Bescheid wußte.

„Das nicht, aber das ist es ja gerade. Es ist schon lange nichts mehr geschehen, so daß wir jederzeit damit rechnen."

„Ach, vielleicht haben die aufgegeben", sagte Fleuth.

„Dein Wort in Gottes Gehörgang, aber ich glaube es nicht", sagte Jansen.

„Isch auch net, mer muß dene en Fall stelle, sie richtig überführen, vorher gebbe die kei Ruh."

„Wahrscheinlich hast du recht", sagte Jansen, „aber wie soll das gehen, wir wissen nicht wann und was sie vorhaben, wie sollen wir da eine Falle stellen?"

„Mer müßt en Situation schaffe, bei der die gar net anners könne als zuseschlache und dann müsse mir uff der Lauer liege, verstehste wat ich meine", sagte Holzer, „ich mach mir mal Gedanke."

„Im Augenblick habe ich auch noch ein anderes Problem, ich weiß nicht ob ihr es mitgekriegt habt, aber im Westerwald treibt ein Pferdestecher sein Unwesen und der kommt immer näher."

„Wat is dat denn, en Pferdestecher?" fragte Holzer.

„Ich habe davon gelesen", antwortete Fleuth, „das ist so ein Psychopath, der Pferde auf der Koppel umbringt. Es gab in der letzten Zeit ein, zwei Fälle im Westerwald. Einen im Raum Montabaur und einen in Westerburg. Ich glaube, es ist sogar eine Sonderkommission gegründet worden."

„Es gibt inzwischen drei Vorfälle", sagte Jansen, „der letzte war erst gestern in Gemünden. Ich habe gestern mit dem Kollegen telefoniert, man hat ihm eine trächtige Stute abgestochen."

„Pervers", murmelte Holzer und schüttelte den Kopf.

„Gibt es denn Hinweise auf den Täter oder irgendwelche Motive", fragte Fleuth.

„Nein", sagte Jansen, „als mögliche Tatmotive werden von den Experten sexuelle Perversion, Sadismus, Mordlust und gelegentlich Rache an Pferdebesitzern vermutet. Nach einer neuen BKA - Studie sind zahme Pferde, die auf Koppeln in der Nähe von befahrenen Straßen und Waldwegen weiden, besonders gefährdet. Die Tiere würden häufig durch Schnitte und Stiche in Hals- und Brustseite, Augen, Herz, Schulter sowie Bauch und Genitalbereich mißhandelt oder getötet, sagt das Bundeskriminalamt. Für uns wird es langsam brenzlig, der oder die Täter scheinen sich nach Norden vorzuarbeiten, wir sind deshalb schon von der Polizei vorgewarnt worden."

„Un mache tun die gar nix?" fragte Holzer.

„Was soll die Polizei machen", sagte Fleuth, „die können doch nicht jeden Pferdestall bewachen."

„Und wat machst du?" fragte Holzer.

„Ich gehe jeden Abend mit dem Hund eine Runde, aber ich mach mir nichts vor, wenn einer an meine Pferde ran will, dann habe ich keine Chance", sagte Jansen resigniert.

Fleuth und Holzer bedankten sich für das Frühstück und verabschiedeten sich.

Jansen blieb nachdenklich zurück.

Sie gingen weiter, diesmal mitten durch Eisenbreys Revier, in Richtung des Nachbarortes. Am Ortsrand auf einem Hügel machten sie Rast. Holzer schaute sich das Dorf durch sein Fernglas an.

„Wo ist denn jetzt dem sei Villa?" fragte er Fleuth.

„Da, hinter den Fichten, von hier aus schlecht zu sehen, wir müssen um den Ort herumgehen."

Sie machten sich auf den Weg den Ort zu umgehen, doch das war gar nicht so einfach, da fast alles eingezäunt war und Wege praktisch nicht vorhanden waren.

„Sieh an, sieh an, der hat alles aufgekauft, eingezäunt und die Wege einfach dicht gemacht", sagte Fleuth, „ob das mal alles Rechtens ist."

Holzer zog eine Wanderkarte hervor.

„Sogar den offizielle Wanderwech hat der dicht gemacht, " sagte Holzer und nahm sich vor, das Fremdenverkehrsbüro auf diesen Sachverhalt aufmerksam zu machen.

Sie gingen ins Dorf und näherten sich der Villa von der Straße aus. Man konnte von der Villa nichts sehen, eine hohe Mauer und dichtes Buschwerk umgaben das Grundstück.

„Dann sind wir wohl umsonst hier gewesen?" fragte Fleuth enttäuscht.

„Ach wat, mir wollte doch sehn, wie der wohnt, und jetzt wisse mir, wie der wohnt. Außerdem sinn mir noch net fertig, mir müsse noch zur Fabrik un zu seim Bauernhof."

Die Inspektion der Fabrik und des Bauernhofes ergab nichts grundsätzlich Neues, außer daß die beiden sich ein ungefähres Bild vom Wohlstand Eisenbreys machen konnten.

Es war inzwischen Mittag geworden und die beiden in die Jahre gekommenen Herren, beschlossen eine längere Rast zu machen. Sie hatten sich ein Plätzchen unter einer freistehenden Tanne gesucht, die auf einer Lichtung mitten in einem Fichtenwald stand. Die Sonne stand im Zenit und es war sehr heiß. Nachdem sie Holzers Imbiß verzehrt hatten, legten sie sich zu einem kleinen Mittagsschläfchen in den Schatten der Tanne, deren Äste fast den Boden berührten und sehr dicht waren. Innerhalb kurzer Zeit waren beide eingeschlafen.

Holzer war durch irgendetwas wach geworden. Er richtete sich auf. Stimmen waren zu hören, die immer näher kamen. Er weckte vorsichtig seinen Freund Fleuth und bedeutete ihm zu schweigen. Zwei Männer kamen direkt auf die Tanne zu und blieben kurz davor stehen. Holzer erkannte Eisenbrey. Er sah genauso stutzerhaft aus wie gestern. Trotz der großen Hitze hatte er seinen Jägerdrillich an. Bei ihm befand sich ein mittelgroßer, etwa vierzig Jahre alter Mann, der unterwürfig um ihn herumscharwenzelte.

„Hier, Herr Eisenbrey, hier in der Tanne würde ich einen Hochsitz einrichten", sagte er.

Eisenbrey schaute sich um und nickte.

„Mach, Zacharias, trag ihn in deine Liste ein, ich denke das ist der Letzte. Hör zu, ich will, daß die Hochsitze bis Samstag stehen, hast du verstanden?"

„Aber das ist kaum zu schaffen", sagte Zacharias, „die Hochsitze sind in der Zeit kaum zu fertigen."

„Macht von mir aus Überstunden.

„Aber es ist jetzt Erntezeit, die Arbeiter müssen aufs Feld", wandte Zacharias zaghaft ein.

„Interessiert mich nicht. Ich will daß alle Hochsitze die wir heute festgelegt haben, bis Samstag stehen. Du bist mir dafür verantwortlich, hast du das verstanden?"

„Jawohl."

Wieder näherten sich Stimmen. Man sah bunte Kleidung durch die Bäume schimmern. Zwei Erwachsene und zwei Kinder gingen auf einem in der Nähe vorbeiführenden Waldweg vorbei.

„Scheiß Zivilisten", sagte Eisenbrey, „vergraulen das ganze Wild. Laß Dir mal was einfallen, Zacharias, wie wir die Leute aus dem Wald heraushalten können."

„Das können wir nicht verhindern, die Zugangswege vom Dorf haben wir bis auf einen schon alle zu gemacht, und der muß wegen der Forstwirtschaft aufbleiben, der Förster macht sonst Theater, der ist wieso nicht gut auf uns zu sprechen."

„Interessiert nicht", sagte Eisenbrey.

„Haben Sie sich schon mal überlegt, den Wald zu kaufen, wem gehört der überhaupt?"

„Habe ich schon überlegt, ein großer Teil gehört der Gemeinde, der andere Teil ist Staatswald, aus irgendeinem Grund sperrt der Bürgermeister sich gegen einen Verkauf", sagte Eisenbrey.

„Der ist doch kein Problem für Sie, Chef."

„Nee", lachte Eisenbrey, „der nicht, den habe ich im Sack."

Die beiden entfernten sich langsam in Richtung Dorf.

Holzer und Fleuth, die immer noch auf dem Boden lagen, erhoben sich. Fleuth klopfte sich die Tannennadeln von der Hose. Sie machten sich auf den Rückweg.

„Hast du das gehört", fragte Fleuth, „die machen alle Wege dicht, die zum Jagdrevier Eisenbreys führen. Der hat fast alles Land hier gekauft, nur damit er die Wege dicht machen kann. Nicht zu glauben."

„Ganz so einfach ist die Sache nicht", sagte Holzer in gestochenem Hochdeutsch, das immer dann angesagt war, wenn er zu einem längeren Vortrag ansetzte.

„Ich glaube, der Eisenbrey kocht hier ein ganz anderes Süppchen, ein Süppchen, das ich seit eben anfange zu durchschauen. Man muß dazu das Jagdrecht und seine Entwicklung kennen.

Weißt du, die Sache verhält sich so, das Jagdrecht war nicht immer so wie es heute ist. Im 18. Jahrhundert war das Jagdrecht alleine den Fürsten und den von ihnen eingesetzten Jägern vorbehalten. Aus dieser Zeit stammt übrigens die heute noch übliche Bezeichnung Hoch- und Niederwild. Die Jagd auf Hochwild war ausschließlich den hohen Herren vorbehalten, während Niederwild für die niederen Jäger vorgesehen war.

Die Unterteilung hat sich, wie schon gesagt, bis heute gehalten, die Jäger unterscheiden heute noch das Wild in Hoch – und Niederwild. Die meisten mit den jagdlichen Gepflogenheiten wenig vertrauten Menschen glauben das man unter Hochwild die großen Tiere versteht und unter Niederwild die kleinen Tiere. Das stimmt auch fast, da die Fürsten die großen Tiere bevorzugten. Schaut man sich zum Beispiel hier im Westerwald um, dann handelt es sich bei fast allen Jagdrevieren um sogenannte Niederwildjagden. Der Laie wird jetzt sagen, hier gibt es doch Rehe und Rehböcke, das sind doch große Tiere, und trotzdem gehören sie im Sinne der fürstlichen Einteilung zum Niederwild, mit so was hat sich früher kein Fürst abgegeben. Rehe gehören zum Niederwild, sind sogenannte Trughirsche."

„Kaum zu glauben", sagte Fleuth, „ich hätte jede Wette gemacht, daß Rehe zum Hochwild gehören. Aber was anderes, woher kennst Du dich so gut aus, mit diesen Geschichten?"

„Mein lieber Freund, in meinem ersten Leben war ich Waldarbeiter und habe Bäume gefällt und Bäume gepflanzt, immer im gleichen Abstand, jahrein, jahraus, auf Weisungen von unserem Oberguru Förster Lambert. Es war mir egal, die Arbeit im Wald war so gut wie jede andere Arbeit und ich mußte meine Brötchen verdienen. Als dann der Unfall passierte und ich in meiner Depression war, begann ich die Welt mit anderen Augen zu sehen.

Kurioserweise kam in diesem Jahr dieser Wirbelsturm Wibke, der in einer Nacht all das, was wir in 30 Jahren gepflanzt hatten, niedermachte. Lambert, der alte Förster, mußte danach in die psychiatrische Behandlung und ich fing an nachzudenken und mich zu informieren, mein Praktikum hatte ich ja in 30 Jahren Waldarbeit schon gemacht.

So kam eins zum anderen und ich langte irgendwann bei dem heute herrschenden Jagdunwesen an, das ich ja während meiner Waldarbeiterzeit zu Genüge kennengelernt hatte und jetzt mit Hilfe einiger Bücher theoretisch nacharbeiten konnte. Wenn man sich richtig damit befaßt, kommt man zu erstaunlichen Feststellungen und Ergebnissen, so daß man sich wundert, daß man das nicht schon früher gesehen hat."

Fleuth nickte, dann sagte er: „Ich habe dich unterbrochen, du wolltest erzählen, was der Eisenbrey vorhat."

„Ach so, ich war bei der Fürstenjagd stehengeblieben. Durch die im achtzehnten Jahrhundert herrschenden Jagdgepflogenheiten, hatten die Bauern beachtliche Schäden durch Wild. Sie konnten aber nichts machen, da das Recht der Jagd alleine bei den Fürsten lag. Wilderten sie in dem Sinne, daß sie zum Beispiel ein Wildschwein erschossen, das ihren Kartoffelacker verwüstete, dann erwarteten sie drakonische Strafen. Zwangsarbeit war im achtzehnten Jahrhundert noch die Regel. Auch heute wird Wilderei noch härter bestraft als vergleichbare andere Delikte. Erschießt heute ein Bauer ein Wildschwein auf seinem Acker, dann erhält er eine deutlich höhere Strafe als der Dieb, der ihm eine Kuh aus dem Stall stiehlt.

Die Situation war am Anfang des letzten Jahrhunderts so, daß Jahr für Jahr die Felder der Bauern, von dem in Masse auftretenden Wild, besonders von den Schwarzkitteln, plattgemacht wurden. Zum Teil kam es zu Hungersnöten. Als dann 1848 bei uns in Deutschland die bürgerliche Revolution kam, ging in Bayern in manchen Orten die gesamte männliche Bevölkerung öffentlich wildern. Es ging ihnen dabei nicht um das Wildbret, wie das in manchen kitschigen Heimatfilmen immer dargestellt wird.

Vielmehr wollten die Bauern ihre Felder schützen. Zum Teil wurde Militär gegen die wildernde Bevölkerung eingesetzt. Die Folge war, daß die Regierung beschloß, das feudale Jagdrecht auf fremdem Boden abzuschaffen. Ab dieser Zeit durften die Bauern auf ihrem eigenen Grund jagen und sich gegen das fressende Wild auf ihren Äckern zur Wehr setzen. Man wollte damit ein Ventil öffnen, das den Druck in der revolutionären Situation abbauen sollte. Ein paar Jahre später schränkte die Obrigkeit die freie Bauernjagd aber schon wieder ein. Alle kleineren Grundeigentümer eines Dorfes mit jeweils weniger als 75 Hektar mußten sich zu einer Jagdgenossenschaft zusammenschließen, die dann das ,,Jagdausübungsrecht" an der gesamten Fläche verpachtete. Das war die Einführung des Revierjagdsystems. Als Pächter traten nun erstmals zahlungskräftige Fabrikanten auf. Aber überwiegend pachteten noch örtliche Jagdvereine, in denen die Bauern zusammengeschlossen waren, die Reviere.

Dann kamen die Nazis. Dem Reichsjägermeister Göring waren die geselligen Jagdvereine der Bauern ein Graus. Er führte ein neues Reichsjagdgesetz ein. Das ließ nur noch ,,natürliche Personen" als Pächter zu, nicht dagegen Jäger, die sich zu einem rechtsfähigen Verein zusammengeschlossen hatten. Damit war der wichtigste Schritt getan um die dörflichen Jagdgemeinschaften zu zerschlagen. Ab diesem Zeitpunkt, wurden immer mehr der Reviere an den Meistbietenden verpachtet, erhielten immer öfter die Begüterten den Zuschlag.

Nach dem Krieg verstärkte sich der Trend von der Bauern- zur Bonzenjagd noch. Die Regelungen von Görings Reichsjagdgesetz, darunter auch das Verbot, an Jagdvereine zu verpachten, sind damals unverändert in das neue Bundesjagdgesetz übernommen worden. Heute sind die meisten Jagdreviere zum Prestigeobjekt verkommen und das glaube ich, ist auch bei unserem Eisenbrey der Fall. Der braucht ein Jagdrevier wegen seiner gesellschaftlichen Stellung. Im übrigen ist der Eisenbrey gar nicht der Pächter der Jagd, der darf das gar nicht. Zacharias hat die Jagd gepachtet, der ist natürlich nur ein

Strohmann, aber Eisenbrey konnte die Jagd damals gar nicht pachten, der hatte gar keinen Jagdschein, der ist nämlich Bedingung."

Fleuth staunte.

„Was Du alles weißt", sagte er, „das ist ja richtig interessant, da macht man sich ja überhaupt keine Gedanken drüber. Im Grunde ist die Jagd heute die abgemilderte Fortsetzung der feudalen Jagd. Wenn ich das richtig verstanden habe, dann ist man als Grundstücksbesitzer Zwangsmitglied in einer sogenannten Jagdgenossenschaft. Man hat zwar das Jagdrecht, darf es aber nicht ausüben, wenn man keinen Jagdschein hat."

Sie hatten inzwischen eine Bank erreicht und ließen sich zu einer kurzen Rast nieder.

„Du darfst die Jagd auch mit Jagdschein auf deinem Grundstück nicht ausüben", sagte Holzer, „ab einer Größe von 75 Hektar würde es gehen, es wäre dann ein sogenannter Eigenjagdbezirk."

„Dann hat ja kein Bauer das Jagdrecht auf seinem Land, denn wer hat schon 75 Hektar", sagte Fleuth.

„Das war und ist ja auch der Sinn dieses Gesetzes, man wollte die Bauern nicht als Jäger und hat mit dem Jagdgesetz gleichzeitig verhindert, daß die Bauern Vereine gründen, um so ihr eigenes Land zu bejagen", sagte Holzer.

„Nehmen wir mal an", sagte Fleuth, „ der Müller, einer unserer Großbauern mit ca. 40 Hektar, macht den Jagdschein. Das Revier, in dem sein Land liegt, ist aber verpachtet. Dann muß der bei dem Jagdpächter arschkriechen, damit er auf seinem eigenen Land jagen darf, das ist doch verrückt."

„Es ist aber so", sagte Holzer, „aber ich sehe, du hast verstanden, das Beispiel muß ich mir merken, an dem sieht man so richtig schön, wie schwachsinnig das alles ist."

Sie beendeten ihre Rast und setzten ihren Weg fort.

„Du hast mir aber immer noch nicht gesagt, was der Eisenbrey vorhat", sagte Fleuth.

„Das müßtest du doch langsam selber wissen, wir reden die ganze Zeit über nichts anderes. Der Eisenbrey will eine Eigenjagd. Der hat die ganzen Jahre Land gekauft, ihm gehört praktisch über die Hälfte des Landes seiner Heimatgemeinde. Wenn der jetzt noch den Gemeindewald kauft, dann dürften es weit über 75 Hektar sein."

„Dann hat er es ja bald geschafft", sagte Fleuth.

„Noch nicht ganz, er muß drei Jahre den Jagdschein haben, vorher darf er keine eigene Jagd betreiben."

„Aber verpachten kann er sie an den Zacharias, der hat den Jagdschein schon eine ganze Weile", sagte Fleuth.

„Stimmt, dat kann er mache", sagte Holzer, der wieder in seinen Dialekt verfallen war. Fleuth erkannte daran, daß sein Freund mit seinen Ausführungen zu Ende war.

Sie gingen am Tannenhof vorbei in Richtung Stadt. Beide schwiegen sie und hingen ihren Gedanken nach. Fleuth hatte an dem eben Gehörten ganz schön zu kauen. Er beschloß, sich weiter zu informieren über dieses seltsame Jagdrecht, das nach seiner Einschätzung zutiefst undemokratisch war. Es war inzwischen später Nachmittag geworden und immer noch sehr warm.

Als sie an der Gaststätte Kasper vorbeikamen, beschlossen sie, wegen ihres großen Flüssigkeitsverlustes im schattigen Biergarten der Kneipe noch ein paar Biere zu trinken. Sie setzten sich in den Schatten einer Kastanie und bestellten sich Bier. Holzer trank sein Bier in einem Zuge aus und bestellte das nächste.

„Das mit der Jägerei ist hochinteressant", sagte Fleuth, „ich würde gerne mehr darüber wissen."

„Kannst e paar Bücher von mir hamm", sagte Holzer, „isch habb en ganze Menge."

„Das wäre nicht schlecht", sagte Fleuth, „wie groß ist eigentlich so ein Revier und was kostet das?"

„Die Größ is unnerschiedlich, genau wie der Preis, dat hängt von vielen Faktorn ab. Hier im Westerwald dürft der Hektarpreis bei 30 – 40 Mark liegen und so e Revier hat 300 – 500 Hektar, aber dat is billig, gute Hochwildreviere kosten auch schon mal 70 – 100 Mark.

„Das kann sich ja kaum einer leisten, dann verstehe ich nicht, warum diese Habenichtse wie der Zacharias den Jagdschein haben, die können sich doch nie so eine Jagd leisten. Es sei denn, der Eisenbrey braucht wieder mal einen Strohmann."

„Die ganze Jächer, die sinn irchendwie net von dieser Welt", lachte Holzer, „so einer wie der Zacharias is sei Lebe lang darauf angewiesen, bei den Pächtern in de Arsch zu krische, damit er entweder als untergebener Jachdgast mit auf die Jachd darf, oder so ein Begehungs-schein krischt. Oft is et so, daß der Jachdpächter ganz wo anders wohnt, wie zum Beispiel dem Zacharias sein Vor-gänger, der kam aus Limburg. Die gehen dann her, un nehme en Jächer vor Ort, der sich um et Revier kümmern muß. Der muß Hochsitze baue, Wildäcker anlege, kurz die ganze jachtliche Einrichtunge in Schuß halte, dafür darf der sich dann e Reh schieße."

„Und dafür machen die den Jagdschein?" fragte Fleuth erstaunt.

„Die Motive sinn manchmal doch recht merkwürdig, für viele is das auch en Möchlichkeit an Waffe ran zu kom-me", sagte Holzer, „in Deutschland is dat ja so ohne wei-teres gar net möchlich. Du mußt entweder in de Schütze-verein, wo de übber jeden Schuß Rescheschaft ablegen mußt, oder du wirst Jächer un kannst dir dann zwei Faustfeuerwaffe zulege un e paar Langwaffe."

„Du meinst, da sind viele Waffennarren dabei", sagte Fleuth.

„Un ob", sagte Holzer, „die hamm doch gar kei anner Wahl. Waffefetischiste müsse, wenn se halbwegs legal an en Waff rankomme wolle, de Jächer spiele. Zum annern gibt et noch ganz viele Aspekte, die mer überhaupt noch net angesproche hawwe. Denk doch nur mal dran, dat die Hunde und Katzen schieße dürfe. Die müsse zwar beim Wildern erwischt wern, abber wer is da schon dabei. En anner Sach, die in dem Zusammehang angesproche wern muß, is die Psychologie. So en Jachtpächter oder Jächer tritt zum Beispiel Spaziergängern, Joggern un Reitern immer bewaffnet entgeche, e Privilech, watt bei uns im

Rechtsstaat nur der Polizei und mit Einschränkunge dem Militär zusteht. Dat is doch besser wie Feuerwehrhauptmann in der freiwillich Feuerwehr. Hinzu kommt noch, daß die mit ihrn allradgetriebene PS – Bolide die für de Normalverkehr gesperrte Waldweche fahrn dürfe."

„So habe ich das überhaupt noch nicht gesehen", sagte Fleuth, „aber wenn ich darüber nachdenke, hast du recht. Wenn ich allein an die Jäger denke, die ich kenne. Weißt Du, ich habe mich schon immer gefragt, was Leute antreibt, die in ihrer Freizeit, unter hohen finanziellen Aufwendungen, den Jagdschein machen und dann ohne Grund Tiere erschießen."

„Da sollte sich ma Psychologen mit beschäftige", sagte Holzer.

Sie tranken viel Bier an diesem Abend, da der Tag wegen der großen Hitze doch recht anstrengend gewesen war. Sie verabredeten sich für das Wochenende zum Grillen in Fleuths Garten, dann gingen sie nach Hause. Fleuth war ein klein wenig unsicher auf den Beinen.

4. Kapitel

Holzer hatte es aus der Zeitung erfahren. Er war am Samstag genauso zeitig aufgestanden wie die Woche über. Während das Kaffeewasser kochte, hatte er die Zeitung hereingeholt und einen ersten Blick darauf geworfen. Im Laufe des Frühstücks war er bis zum Heimatteil der Westerwaldzeitung vorgedrungen und hatte dort eine beunruhigende Meldung gefunden. Es war keine große Sache, nur eine kleine Meldung, aber Holzer war sofort alarmiert. Es war darin von einem mysteriösen Pferdesterben auf einem Reiterhof hier in der Gegend die Rede. Von einer seltsamen Seuche wurde berichtet. Ein Pferd hatte man morgens tot auf der Koppel aufgefunden, ein anderes war nur durch die schnelle Hilfe des Tierarztes gerettet werden, während zwei weitere Pferde undefinierbare Krankheitssymtome zeigten.

Der Amtstierarzt hatte sich eingeschaltet und den Kadaver des Pferdes für die Obduktion sichergestellt. Holzer glaubte keinen Augenblick an eine Seuche. Er rief seinen Freund Jansen an und sah seine Befürchtung bestätigt, es waren seine Pferde, von denen in der Zeitung die Rede war. Jansen war ziemlich fertig, jetzt in den Ferien, in der Hauptsaison, war die Hälfte seiner Pferde ausgefallen. Holzer machte sich nach dem Frühstück sofort auf den Weg zum Tannenhof. Sein Freund brauchte ihn.

Auf dem Tannenhof war die Stimmung gedrückt, obwohl keiner der Gäste abgereist war oder Anstalten dazu machte. Die beiden weniger kranken Pferde waren auf dem Weg der Besserung und Jansen hoffte, sie in drei

Tagen wieder im normalen Reitbetrieb einsetzen zu können.

Die Töchter der Gastfamilien kümmerten sich in rührender Weise um die kranken Pferde. Der Reit - und Fahrverein, der seine Pferde bei Jansen untergestellt hatte, war ihm aufs großzügigste entgegengekommen und hatte, da jetzt Ferienzeit war und viele Mitglieder im Urlaub waren, die Pferde des Vereins für die Feriengäste zur Verfügung gestellt. Dies alles versuchte Holzer dem deprimierten Jansen klar zu machen. Zu guter Letzt mußte dieser zugeben, daß er Glück im Unglück gehabt hatte.

Seltsamerweise waren nur Jansens Pferde betroffen, die anderen Pferde waren gesund, wie die Untersuchung des Amtstierarztes ergeben hatte. Das sprach gegen eine Seuche.

Holzer hatte sich von Jansen auf einer mitgebrachten Karte genau die Lage seiner Ländereien zeigen lassen. Überrascht stellte er fest, daß die Ostgrenze direkt an Eisenbreys Jagdrevier grenzte.

Das tote Pferd war am anderen Ende, an der Westgrenze von Jansens Besitz gefunden worden, ebenso die kranken Pferde. Holzer ließ sich auf der Karte die genaue Stelle zeigen.

Holzer hatte keinen Augenblick an eine Seuche geglaubt, ihm war das letzte Gespräch mit Jansen noch im Ohr, in dem dieser gesagt hatte, daß schon lange von Seiten der Bauern nichts mehr geschehen sei, und er jederzeit mit einer Aktion rechne. Holzer hatte damals gedacht, daß jetzt die richtige Zeit für einen Anschlag sei, jetzt wo Ferien waren und das Haus voller Gäste war. Gesagt hatte er nichts, da er Jansen nicht beunruhigen wollte, aber gerechnet hatte er damit.

Holzer wollte sich den Ort, an dem die Pferde aufgefunden worden waren, einmal genauer anschauen. Er verabschiedete sich und ging am Zaun entlang in Richtung des Fundortes der Pferde. Nach etwa zwei Kilometern hatte er die Stelle erreicht. Er sah das was er auf der Karte schon gesehen hatte, bestätigt. Während der Weidezaun auf seiner gesamten Länge über freies Feld lief, verlief er hier etwa einhundert Meter an einem Waldsaum entlang, der mit dichtem Unterholz bewachsen war. Eine unbemerkte Annäherung an die Pferdekoppel war hier ohne weiteres möglich.

Holzers Augen funkelten.

Er kletterte über den Zaun und suchte den Waldsaum nach Spuren ab. An einer Stelle führte eine Fährte, noch deutlich am niedergetretenen Gras zu erkennen, vom Wald bis zum Zaun. Die Fährte mußte vor nicht allzu langer Zeit noch ausgiebig benutzt worden sein, denn das Gras war derart niedergetreten, wie es bei einem einmaligen Begehen nicht geschehen kann und es hatte sich noch nicht vollständig wieder aufgerichtet. Und noch eine Entdeckung machte Holzer. Am Ende des Trampelpfades, direkt am Zaun, stand ein Nadelbaum, ungefähr 1,40 m hoch, der von seinem Standort und seiner Größe in keinster Weise zu den anderen Pflanzen paßte.

Zwischen Zaun und Waldrand war ungefähr ein Meter Platz, so daß ein Fußgänger dort bequem gehen konnte, bis zu diesem seltsamen Nadelbaum, der wie schon gesagt direkt am Zaun stand. Wenn man ihn umging, konnte man auf der anderen Seite, ohne von irgendwelchen Pflanzen behelligt zu werden weiter seines Weges gehen. Holzer nahm an, daß diese Lücke zwischen Zaun und Waldrand von den Tieren über den Zaun hinweg, freigefressen worden war. Er näherte sich dem Nadelbaum, um ihn näher zu untersuchen. Er stellte fest, daß die der Koppel zugewandten Äste angefressen waren. Einige Zweige waren regelrecht abgefressen worden. Holzer kannte sich ganz gut aus bei Pflanzen und war sich sicher, daß es sich bei dieser Pflanze um eine Eibe handelte.

Die Sache war klar und doch blieben viele Fragen offen. Die Pferde hatten sich offensichtlich an der Eibe vergiftet. Es blieb die Frage, warum ausgerechnet jetzt. Zum einen stand die Eibe stand schon länger da und noch niemals schien sich eines der Pferde für sie interessiert zu haben, da sonst die Pflanze schwerlich so gut ausgesehen hätte, zum anderen wären Vergiftungen bei den Pferden schon viel früher aufgefallen. Holzer setzte sich neben die Eibe auf den Boden und lehnte sich gegen einen der Zaunpfähle. Er mußte nachdenken.

Sein Blick fiel auf den Fuß der Eibe. Die Rinde war hier frisch verletzt, so als hätte man sie vor kurzem ausgegraben und dabei mit dem Spaten beschädigt. Holzer betrachtete sich den Boden unter der Eibe. Da, wo er unbewachsenen, vernadelten Boden erwartet hätte, wuchsen dicke Grasnarben, die sich unmöglich unter dem dichten Geäst der Eibe entwickelt haben konnten. Holzer packte in das dichte Gras und versuchte es hochzuheben. Die Grasnarbe ließ sich ohne weiteres entfernen. Es waren viereckige Stücke, wie mit einem Spaten ausgestochen. Der Boden war sehr feucht, obwohl es schon wochenlang nicht mehr geregnet hatte und seit Tagen eine große Hitze herrschte. Holzer hatte jetzt keinen Zweifel mehr, die Eibe war erst vor kurzem hier angepflanzt worden, wahrscheinlich mit der Absicht, die Pferde zu vergiften.

Er machte sich auf den Rückweg. Er hatte beschlossen, Jansen von seinen Beobachtungen erst einmal nichts zu sagen. Zumindest wollte er sich erst mit Fleuth beraten. Er mußte allerdings verhindern, daß Pferde auf diese Koppel kamen. Als er auf dem Tannenhof ankam war gerade Mittagszeit. Jansen lud ihn zum Essen ein, was Holzer gerne annahm.

Beim Essen äußerte er den vagen Verdacht, daß die Pferde vielleicht etwas Falsches gefressen haben könnten und schlug Jansen vor, die Koppel nicht mehr zu benutzen, bis das Obduktionsergebnis feststand. Jansen meinte, daß der Wechsel sowieso fällig sei und die Westkoppel nahezu abgeweidet sei. Alle Tiere seien jetzt auf der Ostkoppel, was auch für den Reitbetrieb wesentlich günstiger sei. Holzer nahm diese Bemerkung mit Interesse zur Kenntnis. Das Essen war wie immer ausgezeichnet und Holzer langte zu. Nach dem Mahl suchte er sich ein ruhiges Plätzchen im Garten, um ein kleines Schläfchen zu machen.

Holzer hatte tief und fest geschlafen, als ihn Jansen am Nachmittag weckte.

„Du wolltest doch mit Fleuth grillen; wenn du noch zu Hause vorbei willst, mußt du dich sputen", sagte Jansen.

Holzer schaute auf die Uhr.

„Mann, ich hab den halbe Nachmittag verschlafe, dat passiert mir immer öfter. Willste net mit zum Fleuth, e Schnitzel wird der für dich noch über hawwe."

„Danke, aber ich habe noch Arbeit genug, vielleicht komme ich später noch vorbei, ein wenig Abwechslung könnte wirklich nicht schaden."

Holzer verabschiedete sich und machte sich auf den Weg nach Hause. Zu Hause angekommen, kochte er sich einen Kaffee und setzte sich an seinen Computer. Er hatte einige Lexika auf CDs und aus denen ließ er sich alles über Eiben ausdrucken. Mit den Ausdrucken zog er sich in seinen Sessel zurück und zündete seine Pfeife an. Dann begann er zu lesen.

Sein Gesicht nahm einen gespannten Ausdruck an. Auf einem der Ausdrucke waren die Wirkstoffe der Eibe und ihre Wirkung auf Tiere beschrieben. Eiben enthielten das Alkaloidgemisch Taxin, das direkt auf das zentrale Nervensystem wirkte. Es verursachte eine Lähmung des Atemzentrums und Herzlähmung. Zu Holzers Verblüffung waren Pferde und Schweine besonders anfällig gegen Taxinvergiftungen. Die letale Dosis lag, je nach Größe des Tieres, bei 100 – 200 g Nadeln. Das war nicht viel.

Holzer atmete tief durch. Für ihn war jetzt klar, daß die Eibe nicht zufällig dort stand. Jemand hatte sie vorsätzlich dort hingestellt, um Jansens Pferde zu vergiften. Der oder die Täter mußten einiges wissen über Pflanzen und ihre Gifte. Auch der Zeitpunkt war geschickt gewählt. Laut der Aussage von Jansen war die Westkoppel kurz vor der Überweidung, was bedeutete, daß die Pferde mangels Futter schon mal über den Zaun hinaus fraßen.

Er stellte sich unter die Dusche und machte sich danach mit seinem Schlafsack auf den Weg zu seinem Freund Fleuth. Hoffentlich hat der kaltes Bier, dachte Holzer, kurz bevor er Fleuths Garten erreichte.

Fleuth hatte kaltes Bier. Als er Holzer kommen sah, öffnete er eine Flasche. Holzer setzte sich auf die kleine Bank, die Fleuth im Schatten eines alten Apfelbaumes aufgestellt hatte. Gierig trank er die halbe Flasche leer. Dann holte er seine Pfeife hervor und stopfte sie bedächtig. Schon während des Stopfens erzählte er Fleuth, was vorgefallen war und was er ermittelt hatte. Fleuth war sichtlich betroffen und erregt.

„Wenn die Bauern das waren, dann gehören die in den Knast", sagte er. „Unschuldige Tiere umzubringen, ich habe denen ja einiges zugetraut, aber das, das geht zu weit!"

„Vorsicht", warnte Holzer seinen Freund, „ wir wissen nicht, ob das von den Bauern ausgeht, wir haben keinerlei Beweise. Aus diesem Grund habe ich dem Jansen auch nichts gesagt, der wäre imstande und macht irgendwelche Dummheiten."

„Wir müssen denen das beweisen", sagte Fleuth.

„Isch muß grad an unsern Kommissar denke, wat der mir mal gesacht hat, du weißt wen isch mein? Den Rübsam, der letztes Jahr weche der Stasigeschicht hier war."

„Sicher kenne ich Kommissar Rübsam", sagte Fleuth vorwurfsvoll, „was hat der dir denn Wichtiges erzählt?"

„Isch sollt ja damals in seinem Auftrach Ermittlunge anstelle. Da hat der mir gesacht, daß jede Ermittlung objektiv zu geschehen habe, dat mer net nur belastendes Material sammeln darf, sondern auch Material, was den Verdächtigen entlastet."

„Ja und? Warum sagst du das jetzt, willst du mir damit etwas Bestimmtes sagen?"

„Richtisch, ich will dir wat damit sache. Du hast vorhin gesacht, wir müsse dene und damit meinst du die Bauern, dat beweise, dat heißt du gehst davon aus, dat der Anschlag von den Bauern kommt, wat aber keinesfalls sicher is. Mir müsse objektiv sein. Wenn mir den oder die Täter fange wolle müsse mir ganz objektiv da dran gehn. Auf keine Fall dürfe mir jetzt mit aller Gewalt versuche, den Bauern den Anschlag zu beweise."

„Du hast Recht, wir müssen ganz unbefangen an die Sache rangehen", sagte Fleuth, „aber wie gehen wir jetzt weiter vor, hast du schon eine Idee?"

„Wat Konkretes habb ich auch noch net im Kopp", sagte Holzer.

„Die Eibe, wir müssen herausbekommen wo die Eibe herstammt", sagte Fleuth, „bei uns in den Wäldern habe ich noch keine gesehen, aber das muß nicht heißen, daß es keine bei uns gibt."

„In freier Wildbahn hab ich auch noch kei gesehn, was würdst du denn mache, wenn du um die Giftigkeit der Eibe wüßtst, un du hättst en Anschlach damit vor? Wo tätste die besorche?"

„In einem Gartenbetrieb", sagte Fleuth, „ich ginge in eine Gärtnerei und würde einfach eine Eibe kaufen."

„Wenn de die da so einfach kriechst, außerdem is es riskant. Isch glaub net, daß Eibe so häufig verkauft werden. Der Gärtner würd sich den Kunde bestimmt merke."

Holzer nahm sich vor, am Montag die zwei Gärtnereien zu besuchen und die Probe aufs Exempel zu machen. Fleuth setzte den Grill in Gang, während Holzer sich ein neues Bier aufmachte. Schon bald duftete es nach Gegrilltem. Langsam ließ die Hitze des Tages nach.

Es war ein wunderschöner Abend. Sie saßen bis spät in die Nacht vor der Hütte. Es war schon weit nach Mitternacht, als sie sich schlafen legten.

Am selben Tag war in Eisenbreys Revier einiges los gewesen. Zacharias war am Morgen mit dem LKW auf das Firmengelände gefahren, hatte mit drei Arbeitern, die drei ersten Hochsitze aufgeladen und sie an ihre späteren Standorte gefahren. Die drei Arbeiter, unter ihnen sein Bruder Egon, blieben vor Ort und montierten die Hochsitze.

Die Konstruktion der Hochsitze hatte der Chef selbst in die Hand genommen. Es war eine Stahlkonstruktion, die leicht zu fertigen und aufzustellen war. Auch hier hatte Eisenbrey wieder seine ausgeprägte Geschäftstüchtigkeit bewiesen. Er hatte ein ganzes Wochenende mit einem seiner Ingenieure über den Konstruktionsplänen gesessen. Es sollte eine solide, leichte und leicht zu transportierende Konstruktion sein. Sozusagen ein Ansitz von einem Jäger für Jäger. Eisenbrey hatte vor die Hochsitze in Serie zu bauen und zu verkaufen. Der Vorteil dieser stählernen Hochsitze war, daß sie von militanten Jagdgegnern kaum zerstört werden konnten. Fast alle seine Geschäftsfreunde mit eigener Jagd hatten schon über hohe Sachschäden an jagdlichen Einrichtungen, durch Jagdgegner verursacht, geklagt. Das würde einem Eisenbrey nicht passieren, an seinen jagdlichen Einrichtungen würden sich die Chaoten die Zähne ausbeißen.

Das Marketing und die Werbung würde er selbst übernehmen. Er brauchte im Herbst nur eine große Jagd zu organisieren, bei der seine Gäste die Vorzüge seiner Hochsitze während einer Jagd testen konnten. Der Rest würde dann von selbst laufen.

Um die Mittagszeit, Egon Zacharias hatte alle Hochsitze verteilt und beaufsichtigte das Aufstellen, kam Eisenbrey in den Wald. Er lobte Zacharias über den grünen Klee für den reibungslosen Fortschritt der Arbeiten. Zacharias fühlte sich geschmeichelt, besonders als der Chef sagte, daß er solche Leute wie ihn gebrauchen könne. Leute wie er könnten bei ihm was werden, hatte er gesagt. Zacharias sah seine Chance und wollte sie nutzen. Der Chef war ausgesprochen guter Laune. Nach einiger Zeit rief er Zacharias auf die Seite. Er holte die zusammengefaltete Westerwaldzeitung aus der Rocktasche und schlug sie auf.

„Hier", sagte er und zeigte auf einen Artikel, „das ist eine echte Maßnahme, dem Jansen sterben die Pferde weg. Es gibt doch noch Gerechtigkeit."

Er gäbe was darum, wenn der Jansen endlich mitsamt seinem Reiterhof von der Bildfläche verschwinden würde, diese Sonntagsreiter brächten nur Unruhe in sein Revier, außerdem ritten die alles kaputt, so Eisenbrey. Zacharias wußte, was den Chef umtrieb, er wollte ein sauberes Revier ohne Reiter und Fußgänger. Die Leute aus dem Dorf waren nicht das Problem, die hatten sie im Griff, von denen ging keiner mehr in seinem Revier spazieren. Die Leute, die jetzt noch in ihrem Revier herumliefen, waren die Städter aus der Nachbarstadt und diese bescheuerten Gören auf den Pferden vom Reiterhof Jansen.

Wenn die Hochsitzaktion gelaufen war und er den Kopf wieder frei hatte, dann wollte er sich dieses Problems richtig annehmen. Ihm würde schon was einfallen, was den Chef richtig zufrieden stellen würde. Überhaupt, der Chef konnte schon jetzt gar nicht mehr auf ihn verzichten, er war sozusagen unentbehrlich, schließlich war er der Pächter des Jagdreviers und als Pächter oblag ihm die Durchführung des Jagdschutzes, den wollte er in nächster Zeit massiv angehen.

Am Abend standen alle Hochsitze und Eisenbrey hatte auf dem Firmengelände ein Fäßchen Bier und allerlei Grillzeug für die Arbeiter bereitstellen lassen.

Holzer war am Montag direkt zur Gärtnerei Immergrün gegangen und hatte sich dort nach Eiben erkundigt. Zu seinem Erstaunen konnte ihm der Gärtner einen ganzen Vortrag über Eiben halten. Er begründete das mit der Fürsorgepflicht gegenüber seinen Kunden, da viele keine Ahnung hätten, welch gefährliche Pflanze sie sich aufs Grundstück stellten.

Er wußte auch ganz genau, wer in dieser Gegend Eiben gekauft hatte. Zu Holzers großer Überraschung hatte der Großbauer Müller vor 5 Jahren 30 Eiben gekauft, die er direkt an die Grundstücksgrenze zwischen Straße und Haus als immergrünen Sichtschutz gepflanzt hatte. Die müßten jetzt so 1,50 m hoch sein, da Eiben relativ langsam wüchsen.

Der Müller, so der Gärtnermeister, sei ja sehr national eingestellt und hätte die Eibe als eine Art Kultbaum der Kelten bezeichnet, aus dem sie ihre Bögen geschnitzt hätten und unter denen sie ihre kultischen Rituale abgehalten hätten. Der wäre ein richtiger Eibenfan gewesen, berichtete der Gärtner. Holzer hatte genug gehört, er bedankte sich bei dem Gärtner und ging nachdenklich davon. Da hatten sie den Eibenspezialisten. Der kannte bestimmt alle Eigenschaften, die Inhaltsstoffe und deren Wirkung. Jetzt galt es zu überprüfen, ob Müller die Eibe umgepflanzt hatte.

Holzer schlug die Richtung zum Müllerhof ein. Schon von weitem sah er den grünen Eibenstreifen an der Straße. Er hatte ihn schon unzählige Male gesehen, aber nie beachtet. Ganz schön gefährlich, dachte Holzer, wenn da Kinder dran gingen oder Tiere. Andererseits gab es viele giftige Pflanzen in der Natur, sie hatten ihren festen Platz im Ökosystem.

Als er jetzt davor stand, sah er, daß am Ende des Streifens, direkt neben der Hofeinfahrt, gegraben worden war. Es sah aus, als hätte jemand eine Eibe ausgegraben. Er schaute auf das Hofgelände und sah, daß die Frau des Bauern Fenster putzte. Er kannte sie. Sie waren ein Jahrgang und zusammen in die Schule gegangen. Er ging auf den Hof und grüßte sie freundlich.

Sie hatte ihn nicht kommen sehen und war überrascht.

„Hallo", sagte sie, „ wat treibt dich denn zu uns, mir ham uns ja en Ewigkeit net gesehen."

„Ja, Ja;" sagte Holzer, „die Zeit vergeht. Wie geht et dir denn Rita?"

„Et muß, immer datselbe, un selbst?"

„Och gut", sagte Holzer, „isch geh e bische spaziern, aber sach e mal, ihr habt ja richtige Eibe vorm Haus stehn, wollt ihr die weg mache, eine is ja schon fort?"

„Ach, um Gottes Wille, mein Mann is ganz verrückt nach dem Zeuch. Der ei Baum, den hat unser Ältester letzt Woch weggemacht, der kam mit em Trecker net mehr um die Eck, der wollt se erst bei uns auf de Koppel setze, aber mein Mann hat dann gesagt, die wäre für unser Tiern giftig. Mein Mann hat drauf bestande, daß er sie irgendwo drauße auswildert. Un dat hat er denn auch gemacht, unser Gerald."

„Wär ja auch schad gewese um so en schöne Baum", sagte Holzer, „ich geh ma weiter. Mach et gut Rita, bis die Dach."

Holzer ging den Weg, den er gekommen war, weiter. Er kam auf einem Hügel mit einigen Büschen. Vor einem dieser Büsche stand eine Bank, auf die er sich setzte um nachzudenken. Zu seiner Linken sah er im Tal den Hof seines Freundes Jansen, während halbrechts der Müllerhof lag. Gerald, der Jungbauer des Müllerhofes, hatte die Situation genutzt. Eine der „heiligen Eiben" seines Vaters stand im Weg. Gerald, um deren Giftigkeit wohl wissend, hatte die Gunst der Stunde genutzt und zugeschlagen. Er hatte die Eibe einfach an den Zaun der überweideten Koppel gesetzt und prompt hatten die Pferde gefressen.

Genial, dachte Holzer, jetzt braucht der nur noch die Eibe verschwinden zu lassen, das heißt woanders hin zu setzen, und keiner würde ihm je was nachweisen können. Holzer erschrak, daran hätte er früher denken müssen. Sie hätten Gerald Müller eine Falle stellen können, spätestens nach der Obduktion mußte klar sein, daß die Pferde mit Taxin vergiftet worden waren, dann würde man nach Eiben suchen gehen. Gerald Müller mußte die Eibe verschwinden lassen, sie am besten an einer anderen Stelle, weit weg vom Reiterhof Jansen, anpflanzen. So würde er es zumindest machen.

Holzer stand auf und ging in Richtung Koppel, dahin, wo die Eibe stand. Schon von weitem sah er, daß die Eibe nicht mehr da war. Er ging näher und untersuchte den Boden nach Spuren. Da, wo die Eibe gestanden hatte, war jetzt wieder Wiese. Er hob die Graswurzeln an, als könne er selbst nicht glauben, daß hier gestern noch eine Eibe gestanden hatte. Die Wurzeln waren feucht und ließen sich mühelos anheben.

Der Täter hatte schnell gehandelt.

Holzer verfolgte die Spuren bis zu einem befestigten Waldweg. Hier waren schwache Spuren von einem Trekker zu erkennen. Holzer folgte der Spur, die nur gelegentlich an den weichen Stellen des Waldweges zu erkennen war. Nach ungefähr einem Kilometer war der Trecker vom Weg abgebogen und ungefähr 50 m in den Wald gefahren worden, so daß man ihn vom Weg aus kaum sehen konnte.

Holzer umkreiste die Stelle, an der der Trecker abgestellt worden war, in einem Radius von ca. 20 m. An einer

Stelle fand er einen frischen Erdklumpen auf dem nadeligen Waldboden. Der konnte von dem Wurzelballen der Eibe stammen. Holzer ging auf der Linie, Standort Trecker – Erdklumpen, weiter und erreichte nach kurzer Zeit eine kleine Lichtung, an deren Rand er die Eibe stehen sah. Der Täter hatte sich hier keine große Mühe gegeben, seine Spuren zu verwischen, warum auch. Nicht schlecht, dachte Holzer, aber nicht gut genug.

5.Kapitel

Holzer war, auf seinem Rückweg in den Tannenhof ein-
gekehrt. Dort war das Obduktionsergebnis inzwischen
eingetroffen. Der Amtstierarzt hatte Entwarnung gegeben.
Keine Seuchengefahr. Das tote Pferd und die erkrankten
Tiere hatten Vergiftungen davongetragen. Die Pferde
waren, so der Obduktionsbericht, in der Hauptsache
durch das Alkaloidgemisch Taxin vergiftet worden, welches in der „gemeinen Eibe" vorkam.

Nach Ansicht des Amtstierarztes lag kein Fremdverschulden vor, da die Eibe eine heimische Pflanze sei und
die Pferde bei den Ausritten überall mit Eiben in Berüh-
rung gekommen sein könnten.

„Unsinn", rief Jansen, „die Tiere sind an dem fraglichen
Tag überhaupt nicht geritten worden. Unsere Gäste haben an diesem Tag, einen Ausflug nach Limburg gemacht. Der Tag war so heiß, daß selbst die Kids nach
dem Ausflug keine Lust mehr hatten zum Reiten. Auf
unseren Koppeln gibt es keine Eiben und an den Zäunen
ebenfalls nicht. Ich habe erst vor einer Woche die Zäune
kontrolliert, wenn da Eiben gewesen wären, die hätte ich
doch gesehen."

Jansen hatte sich in Rage geredet, und im Rahmen
seines Kenntnisstandes hatte er auch recht. Holzer
merkte, daß er jetzt mit seiner Wahrheit rüberkommen
mußte.

„Es gab eine Eibe am Zaun deiner Koppel, wenigstens
bis vorgestern", sagte er in bestem Hochdeutsch in die

Stille hinein, die nach Jansens emotionalem Ausbruch herrschte.

Alle starrten ihn überrascht an, am meisten Jansen.

„Sei mir nicht böse", sagte er zu Holzer, „das kannst du wirklich nicht wissen."

„Ich habe sie vorgestern an der Stelle gesehen, wo dein Pferd tot aufgefunden wurde. Heute ist sie allerdings nicht mehr da, aber ich weiß, wo sie jetzt ist, die Eibe."

„Du machst einen ja bekloppt mit deinem Gerede. Gestern war sie noch da, heute ist sie weg, aber du weißt, wo sie ist. Da wird einem ja schwindelig, bei aller Freundschaft, dir hat wohl die Sonne etwas lange auf dein Hirn geschienen. Als wenn Bäume ihren Standort nach Belieben ändern könnten!"

Holzer bat um Gehör, und erzählte seine Geschichte. Danach herrschte erst einmal Stille.

„Den bring ich um, den Müller!" rief Jansen erbost.

„Siehst du, dat is genau der Grund weshalb ich de ganz Zeit nix gesacht habe. Ich wußt genau, dat du dann ausrastest. Watt haste denn für Beweise gegen den Müller? Keine, der hat bei sich en Eibe ausgegrabe, weil se ihm im Weg stand, und dann hat er sie, da wo se niemand stört, wieder eingegraben."

„Aber was soll ich denn machen, irgendwie müssen wir dem doch an die Wäsche?"

„Richtich, aber mit Köppsche. Und net mit der Brechstang."

„Hast du denn'ne Idee?" fragte Jansen.

„Ich glaube, ja", sagte Holzer und grinste vor sich hin.

Jansen wollte weiter fragen, als ein reiterloses Pferd erst den Zaun entlang und dann zum Haupttor hereingaloppiert kam. Es war vollständig gesattelt und machte einen verschreckten, nervösen Eindruck. Jansen griff nach dem Zügel und versuchte das Pferd zu beruhigen, was nur zum Teil gelang. Es war Fury, ein sehr ruhiges Tier, welches Jansen für ungeübte Reiter bereithielt. Es wurde von der 13jährigen Inga geritten, die mit ihrer Familie auf dem Hof Urlaub machte. Sie war nach dem Mittagessen, mit ihrer neuen Freundin Ines, die ebenfalls dreizehn war und mit ihrer Familie Urlaub auf dem Tannenof machte, ausgeritten.

„Das fehlte grade noch!", sagte Jansen. „Die Kleine ist wahrscheinlich vom Pferd gestürzt. Die Eltern sind spazierengegangen, wir müssen das Mädchen suchen gehen."

„Ich komme mit", sagte Holzer.

Jansen setzte sich in seinen Geländewagen und öffnete die Beifahrertür. Holzer setzte sich auf den Beifahrersitz. Jansen fuhr los, er hatte heute mittag gesehen, in welche Richtung die beiden Mädchen geritten waren.

„Gott sei Dank ist sie nicht alleine", sagte Jansen, „die Ines ist bei ihr."

Sie waren noch nicht weit gefahren, als sie die beiden Mädchen sahen. Ines führte ihr Pferd am Zügel, während sie Inga stützte, die ihren rechten Arm an den Körper gepresst hielt.

Das Pferd hatte sich plötzlich erschreckt, es war mehrmals vorne aufgestiegen und dann durchgegangen. Es war in einen Buchenwald gelaufen, wo Inga, wahrscheinlich durch einen Ast, einen Schlag vor den Kopf erhalten hatte und dann vom Pferd gestürzt war. Ines war sofort hinterhergeritten und hatte die Freundin gefunden. Inga hatte für ein paar Sekunden das Bewußtsein verloren. Als sie wieder zu sich kam, sah sie Fury noch davongaloppieren, dann war Ines auch schon da.

Als Inga sich vom Boden erheben wollte, schrie sie auf. Der Arm schmerzte und schien gebrochen. Ines half ihr vorsichtig auf die Beine. Langsam machten sie sich auf den Weg zum Tannenhof. Auf der Hälfte des Weges waren ihnen Jansen und Holzer mit dem Geländewagen entgegengekommen.

Jansen hatte Inga sofort zum Arzt gefahren, der sie nach Hadamar in das Krankenhaus überwies. Der Arm war tatsächlich gebrochen, ein einfacher, unkomplizierter Bruch. Außerdem hatte Inga eine leichte Gehirnerschütterung. Nachdem der Arm eingegipst war, konnte Jansen Inga wieder mitnehmen. Einige Tage absolute Ruhe hatte der Arzt verordnet. Am Freitag sollte sie wieder vorbeikommen.

Holzer hatte auf dem Tannenhof gewartet. Er wollte wissen, wie es zu diesem Unfall gekommen war. Beide Mädchen berichteten von einem leisen, scharf zischenden Geräusch, unmittelbar bevor das Pferd gescheut hatte.

Inzwischen waren auch die Eltern des Mädchens eingetroffen. Holzer nutzte die Aufregung um sich zu verabschieden. Er verließ das Haus und ging zum Stall. Er wollte sich das Pferd noch ansehen. Fury war immer noch unruhig. Holzer ging in seine Box und redete ihm gut zu. Langsam wurde das Pferd ruhiger. Er konnte außer einer kleinen punktförmigen Verletzung an der Hinterhand, die wahrscheinlich von einem Gebüsch oder von Stacheldraht herrührte, nichts feststellen.

Holzer machte sich auf den Heimweg. Zu Hause angekommen, öffnete er eine Flasche Rotwein und zog sich in seinen Sessel zurück. Allerhand, was dem Jansen so alles passierte. Er ließ die letzten Tage Revue passieren. Eines wollte Holzer nicht in den Kopf; er, der unter Bauern aufgewachsen war, ja selbst auf einem Bauernhof groß geworden war, konnte sich nicht vorstellen, daß ein Bauer Tiere vergiftete. Das gab es einfach nicht. Selbst ein Hohlkopf wie Gerald Müller, so dachte Holzer, würde das nicht tun und doch hatte es jemand getan. Wenigstens schien es so. Wie sehr mußte der Täter den Jansen hassen, wenn er zu solchen Maßnahmen griff! Es war ganz schön viel los im Sommerloch.

Es sollte noch schlimmer kommen. Der nächste Morgen begann mit strahlendem Sonnenschein und es kündigte sich wieder ein sehr heißer Tag an. Holzer saß noch beim Frühstück, als das Telefon klingelte. Es war Jansen. Eines seiner Pferde war bestialisch umgebracht worden. Aufgeschlitzt hätte es am Rande der Koppel in seinem Blut gelegen. Es war Bella, die kleine Haflinger Stute, der Liebling der Kinder. Sie war sehr zutraulich gewesen und genau das war ihr vermutlich zum Verhängnis geworden.

In der Stadt hatte sich die Nachricht von dem Anschlag wie ein Lauffeuer rumgesprochen. Als Holzer auf dem Tannenhof ankam, hatten sich schon eine Menge Kinder eingefunden, von denen viele auf Bella reiten gelernt hatten. Einige weinten. Holzer ging mit Jansen ins Haus. Jansen rief sofort die Polizei an. Holzer hatte ihm dazu geraten. Es dauerte fast eine Stunde, bis die Polizei kam, die sofort den Tierarzt verständigte. Der zuckte die Schultern und sagte: „Die Todesursache sehen Sie ja. Das Tier ist mit einer dicken, wuchtigen, aber scharfen Klinge aufgeschlitzt worden."

Der Vorfall wurde sehr schnell polizeilich abgewickelt um den Kadaver vor der großen Hitze abtransportieren zu können.

Die Polizeibeamten verwiesen auf die „Sonderkommission Ripper", die sich des Falls annehmen würde. Wegen der Urlaubszeit sei sie jedoch schwach besetzt. Die zuständigen Beamten würden sich die nächsten Tage melden. Jansen solle sich aber keine Sorgen machen, da weitere Anschläge nicht zu befürchten seien. Der Täter habe bisher immer nur einmal auf demselben Hof zugeschlagen hatte und war dann offensichtlich weiter nach Norden gezogen. Und in der Tat, übertrug man die Orte mit Datum versehen auf eine Karte, dann wanderte der Pferderipper offensichtlich nach Norden.

Jansens Niedergeschlagenheit war einem wütenden Pragmatismus gewichen. Erst hatte er die Pferde jeden Abend in den Stall holen wollen, die Polizisten hatten ihm aber davon abgeraten, da der Stall auch keine Sicherheit biete. In Westerburg seien zwei Pferde im Stall abgestochen worden. Vielmehr sei das Gegenteil der Fall, auf einer Koppel wäre die Annäherung an die Tiere wesentlich schwieriger als im Stall, außerdem hätten die Pferde auf der Koppel die Möglichkeit zur Flucht. Jansen hatte das eingesehen.

Die Kinder vom Reit und Fahrverein hatten sich angeboten auf der Koppel zu zelten, um so die Pferde zu schützen. Jansen mußte das Angebot aus Sicherheitsgründen ablehnen.

Eisenbrey und Zacharias saßen auf der Terrasse des Eisenbrey'schen Bauernhofes.

„Der Pferderipper bei uns im Westerwald , wer hätte das gedacht", lachte Eisenbrey und schaute Zacharias von der Seite an.

„Wieder eins von den Mistviechern weniger", sagte Zacharias, „überall reiten die rum, aber jetzt wird da wohl die große Angst umgehen."

„Warum meinst du? Weil einmal ein Pferd erstochen wurde? Ne, ne, da muß mehr passieren, bis dieser Pferdewahnsinn aufhört", sagte Eisenbrey.

„Es ist ja nicht nur das eine Pferd, was getötet wurde, sondern vor ein paar Tagen ist schon eins gestorben, an einer Vergiftung", sagte Zacharias.

„Von Vergiftung stand aber nichts in der Zeitung", sagte Eisenbrey, „da war von einer Seuche die Rede. Woher weißt du das mit der Vergiftung?"

„Ich war in der Gastwirtschaft Kasper, da hat man davon geredet. Der Jansen ist den Bauern ja ein regelrechter Dorn im Auge. Die sind schwer neidisch, weil der es geschafft hat, seinen Betrieb mit seinen merkwürdigen Methoden erfolgreich zu führen. Besonders der junge Müller schießt gegen den Jansen."

„Das ist ja interessant", sagte Eisenbrey, „dann hat der Jansen ja nicht viele Freunde in der Stadt?"

„Das würde ich so nicht sagen", sagte Zacharias, „es sind nur die Bauern und da lange nicht alle, die gegen den Jansen sind. Der Reit - und Fahrverein hat sogar seine Gäule bei dem Jansen untergestellt. Ich glaube sogar, daß der Jansen bei den normalen Leuten sehr beliebt ist. Andererseits passiert im Augenblick einfach zuviel auf dem Tannenhof, zwei tote Pferde, ein gestürztes Mädchen, das ist ein bißchen viel für eine Woche."
Eisenbrey beugte sich nach vorn.

„Was sagst du da, ein Mädchen ist gestürzt, das ist ja richtig gefährlich!"

„Stellen Sie sich vor, Chef, das ist in unserem Revier passiert, in der Nähe meiner Bienenstöcke. Der Gaul hat plötzlich gescheut und hat das Mädchen abgeworfen. Es hat sich den Arm gebrochen."

„Aha", sagte Eisenbrey, „den Arm gebrochen, dann werden die Eltern das Reiten jetzt wohl verbieten. Sag mal, du erwähntest eben einen Reit - und Fahrverein, wer ist denn da der Chef? Denen könnte man doch etwas unter die Arme greifen."

„Ich glaube das ist der Boller, dieser Vereinsmeier, ich glaube, der ist der Präsident des Reit - und Fahrvereins."

„So, so, der Boller, der ist so alt wie ich, mit dem werde ich mal reden."

„Schade daß solche Unfälle nicht öfter passieren, das wäre nicht schlecht für unser Revier."

Zacharias grinste.

Holzer und Fleuth hatten sich wegen dem außerordentlich heißen Wetter bei Fleuth im Garten getroffen. Fleuth hatte eine Kühltasche mit Bier dabei. Holzer hatte schon des öfteren kritisiert, daß das Bier bei ihm immer zu warm war. Fleuth hatte die Bierflaschen deshalb kurzerhand in die Kühltruhe gesteckt und richtig runter gekühlt. Er wollte Holzer überraschen.

Holzer trank sein erstes Bier in einem Zug aus, er war regelrecht ausgetrocknet. Er berichtete Fleuth die neusten Ereignisse in der Pferdesache.

„Der hat ein wenig viel Pech für meinen Geschmack, der Jansen", meinte Fleuth.

„Ob dat ma alles Pech is", sagte Holzer.

„Was können wir tun?" fragte Fleuth. „Der Jansen ist unser Freund, wir müssen ihm helfen."

„Laß uns ma die Lage analysieren und zwar nur die reine Fakte. Ich versuch dat schon den ganze Tach, komm aber zu keim rechte Ergebnis. Am beste de läßt mich jetz ma erzähle und hörst genau zu."

Er fuhr in gestochenem Hochdeutsch fort:

„Also, als erstes werden vier Pferde vergiftet, eins stirbt, die anderen drei überleben, wenn auch nur zufällig. Ursache der Vergiftung ist der Stoff Taxin, ein Alkaloidgemisch, das Eiben in großen Mengen enthalten und das eine sehr niedrige letale Dosis für Pferde hat. Am Tatort wird eine Eibe gefunden, die ein paar Tage vorher noch nicht da war, am Tag nach dem Anschlag wieder weg ist und jetzt wieder einen anderen Standort hat. Müller, der Bauer, ist nach Aussage des Gärtners ein Eibenspezialist und hat vor ein paar Jahren Eiben für seine Grundstücksbefriedung gekauft. Kurz vor dem Anschlag gräbt sein Sohn eine der Eiben aus, weil sie ihn angeblich stört, und wildert sie im Wald aus, so die Aussage seiner Mutter. Müller hat ein Motiv. Er haßt Jansen, weil dieser ihm Pachtland legal weggepachtet hat. Außerdem, und das ist meine Vermutung, sieht Müller seine Rolle bei den Bauern in Gefahr, er ist ein Bauernfunktionär, der bisher den Ton angegeben hat. Durch Jansen ist einiges anders geworden, er zeigt den Bauern exemplarisch, wie man auch heute noch Landwirtschaft machen kann, ohne von den Subventionen abhängig zu sein.

Jansen ist eine Gefahr für die Autorität von Müller.

Ich halte diese Vermutung für kein kleines Motiv. Ich gehe sogar soweit, daß ich den Verdacht äußere, daß die Aktion der Bauern wegen der Umstände bei der Vergabe des Pachtlands von Müller nur vorgeschoben worden ist. Der will Jansen als landwirtschaftliche Kapazität demontieren, um das Pachtland ist es dem nie gegangen. Der wollte durch die Pachtlandaktion nur die kleineren Bauern hinter sich bringen, weil die auf das Pachtland angewiesen sind."

Holzer sah Fleuth fragend an.

Fleuth nickte langsam.

„So könnte es sein", sagte er, „aber daß der dem Jansen die Pferde vergiftet, daß der so weit geht, das hätte ich nicht gedacht."

„Laß mich mal fortfahren", sagte Holzer, „als nächstes stürzt ein Mädchen vom Pferd, eine gute Reiterin, wenn man der Freundin und den Eltern glauben darf. Es verletzt sich dabei erheblich. Das alles kann Zufall sein oder auch nicht. Auffällig ist, daß der Sturz ganz zufällig zwischen der Vergiftung der Pferde und dem Anschlag des Pferderippers erfolgte. Dann schlägt der Pferderipper zu, der ist bekannt durch seine Aktionen im unteren Westerwald. Man hatte mit dieser Aktion zu rechnen. Die Anschläge kamen immer näher und doch fällt der Zeitpunkt auf, als wäre das alles abgesprochen. Psychoterror gegen Jansen. Ob das alles Zufall ist?"

„Vielleicht ist es abgesprochen", sagte Fleuth.

„Dat würd ja bedeute, wenn wir mal als gesichert voraussetze dat der Müller die Pferd vergiftet hat, das der den Pferderipper kenne muß, und dat kann ich mir net vorstelle."

„Nein", sagte Fleuth, „das kann ich mir auch nicht vorstellen."

Unterdessen hatten sich die Ereignisse auf dem Tannenhof in der Stadt herumgesprochen. Der größte Teil der Menschen war über die Vorkommnisse empört. Einige Bauern jedoch grinsten still in sich hinein und machten sich so ihre Gedanken. Laut ausgesprochen wurden die jedoch nicht, selbst an den Stammtischen übte man, bezüglich der oder des vermeintlichen Täters, Zurückhaltung.

Es waren zwei Wochen ins Land gegangen, ohne daß irgendetwas passiert war. Ein Beamter der „Sonderkommission Pferderipper" war bei Jansen aufgetaucht und hatte noch einmal alle befragt, besonders ergiebig war die Befragung nicht gewesen.

Holzer und Fleuth waren wieder einmal auf Tour, diesmal hatten sie sich den Knoten ausgesucht. Der Knoten war ein Berg auf dem Gebiet einer Nachbargemeinde und zählte zu einem der höchsten Berge der Region. Während der Wanderung wollte Holzer seinem Freund die umgepflanzte Eibe zeigen. Als sie in die Nähe der Lichtung kamen, auf der die Eibe ausgesetzt worden war, hörten sie rechts von ihnen Äste brechen. Es entfernte sich jemand. Holzer und Fleuth sahen sich erstaunt an.

„Was war das?" fragte Fleuth seinen Freund.

„Keine Ahnung", sagte Holzer.

Irgendjemand war hier gewesen und hatte ihre Annäherung bemerkt. Er hatte sich dann schnell, im wahrsten Sinne des Wortes, durch die Äste gemacht.

Sie waren jetzt auf der Lichtung angekommen. Die Eibe machte keinen guten Eindruck. Ein Teil der Nadeln war schon braun geworden. Holzer untersuchte den Boden unter der Eibe. Er war vor nicht allzu langer Zeit gegossen worden. Sollte der Unbekannte die Eibe gegossen haben?

Sie gingen weiter und kamen schließlich an den Waldrand. Der weitere Weg war durch Umzäunungen versperrt. Sie mußten über einige Zäune klettern. Das war Eisenbreys Werk. Fast alle Wege waren eingezäunt. Holzer wurde ärgerlich.

„Wat bildet der Kerl sich eigentlich ein, der kann doch net alle Weche dicht machen", schimpfte er vor sich hin.

Sie kamen in die Nähe eines Weihers, auf dem einige Enten schwammen. Plötzlich brach Hektik unter den Enten aus, irgendetwas hatte sie aufgeschreckt. Der ganze Trupp Enten startete durch und wollte wegfliegen. Als alle Enten in der Luft waren, fielen in ganz kurzem Abstand zwei Schüsse. Zwei Enten fielen wie Steine zu Boden, während drei von ihnen ins Taumeln gerieten, sich aber kurz vor dem Boden noch fangen konnten und weiterflogen. Zwei Männer in grünen Anzügen traten aus dem Wald. Es waren Zacharias und Eisenbrey. Sie holten die Enten.

Holzer und Fleuth waren schnell einig, sich nicht sehen zu lassen. Sie traten hinter ein Gebüsch. Nicht, daß sie Angst vor den beiden gehabt hätten, aber Holzers Devise war immer: „Viel sehen, ohne gesehen zu werden".

Er war damit bisher immer ganz gut gefahren und so verfuhren sie auch hier. Während sie die beiden Jäger beobachteten, dozierte Holzer über Weidgerechtigkeit. Er war wieder ins Hochdeutsche verfallen.

„Das, was du jetzt gesehen hast und was in unserem Lande auch typisch für die Entenjagd ist, nennt man in der Jägersprache ein Buquet schießen. Die warten, bis der ganze Trupp Enten in der Luft ist und schießen dann mit

Schrot. Das Resultat ist, daß vielleicht eine Ente tot ist und eine ganze Anzahl Enten von den Schrotkörnern getroffen und verletzt wird."

„Warum schießen die denn die Enten nicht wenn sie ruhig auf dem Wasser schwimmen, dann sind sie doch viel besser zu treffen?" fragte Fleuth.

Holzer lachte.

„Das mußt du den Göring fragen, der ist dafür verantwortlich. Der ist auch dafür verantwortlich, daß man einen Hasen nur schießen darf, wenn er hochflüchtig wegläuft und nicht, wenn er ruhig in der Sasse sitzt, wo man ihn wesentlich sicherer erschießen könnte. Hermann Göring hat gesagt: „Auf Infanteristen schießt man nicht"."

Fleuth sah ihn fassungslos an.

„Die berufen sich auf Hermann Göring, das ist jetzt nicht dein Ernst, so verrückt sind die nicht, das kann ich einfach nicht glauben."

„Doch, die sinn so verrückt. Die nenne dat jachdliches Brauchtum oder Traditionspflege. Die wenichste wisse, dat der ganz Unsinn auf den Göring und sei Jachdstrategen zurückgeht, bei denen sich besonders ein gewisser Walter Frevert hervortat. Brauchtum is dat, war dieser Frevert im Namen von Göring festgelegt hat. Die heutige Jäger machen den Schwachsinn, ohne darüber nachzudenke, einfach weiter. Göring hat auch den Blödsinn mit dene Trophäen erfunne, seit der Zeit hängen sich die grüne Hansel Geweihe an die Wänd. Je größer desto besser. Selbst Hitler hatt en Horror davor gehabt, der nannte das Knochenolympiade."

„Das ist ja kaum zu glauben!" rief Fleuth. „Warum weiß die Öffentlichkeit so wenig über diese Vorgänge? Auf die Jäger bist du jedenfalls nicht gut zu sprechen."

Holzer lachte.

„Stimmt, auf die Jächer und vor allem auf dat Jachdrecht so wie et sich heut darstellt bin ich wirklich net gut zu spreche, aber wir sollte uns jetzt um die Vorgäng da vorne kümmern un uns später über dat Thema unterhalte."

Eisenbrey und Zacharias gingen den Weg wieder zurück, den sie gekommen waren. Zacharias hatte die beiden Enten zusammengebunden und sie sich über die Schulter gehängt Eben verschwanden sie im Wald. Holzer und Fleuth verließen das Gebüsch und setzten ihren Weg fort. Nachdem sie noch einen Zaun überstiegen hatten, erreichten sie gegen Mittag den Knoten. Es war wieder sehr heiß, aber unter dem dichten Buchenlaubdach ließ es sich gut aushalten.

Auf dem Gipfel angekommen suchten sie ein schattiges Plätzchen zum Lagern. Sie ließen sich auf dem weichen Waldboden nieder. Holzer packte seinen Brotbeutel aus, der Fleuth immer an eine Art Wundertüte erinnerte. Es gab Mettwürste mit frischem Brot und Kaffee aus der Thermosflasche.

Nachdem sie ihr Mahl beendet hatten, setzten sie ihr Gespräch von eben fort.

„Du wolltest wissen, ob und warum ich was gegen Jäger und die Jagd habe", sagte Holzer in gestochenem Hochdeutsch. „ Wie ich dir schon gesagt habe, hatte ich viel Gelegenheit, mir das Treiben dieser sogenannten Jäger und Jagdpächter anzuschauen. Hinzu kommt noch, daß ich mich in den vergangenen Jahren mit den Jagdgesetzen und der Geschichte der Jagd auseinandergesetzt habe und dabei sehr viel gelernt habe. Einen Teil davon hast du ja schon abgekriegt. Ich muß darauf hinweisen, daß ich nicht gegen die Jagd an sich bin, im Gegenteil, ich halte die Jagd für erforderlicher denn je, nur nicht so, wie sie bei uns ausgeübt wird, da bin ich strikt dagegen."

„Was paßt dir denn nicht an der Jagd?" fragte Fleuth.

„Na, zum Beispiel das, was du eben gesehen hast. Ich meine die Entenjagd, da werden Enten aufgeschreckt, damit man sie aus dem wegfliegenden Trupp herausschießen kann. Das nennen die dann weidgerechte Entenjagd. Der sichere Schuß auf die schwimmende Ente ist nicht weidgerecht. An diesem Beispiel siehst du, daß nicht das sichere Schießen weidgerecht ist, sondern das nicht tierschutzgerechte, das „sportliche Schießen", auf schnell flüchtende Ziele. Das ist wieso so eine Sache mit der sogenannten Weidgerechtigkeit, die Jagdverbände definieren sie so, wie sie sie brauchen und die einzelnen Jäger sowieso. Setz dich mal zum Kasper, wenn dieser sogenannte Hegering tagt, da wirst du hören, was die Herren unter Weidgerechtigkeit verstehen. Erst neulich hörte ich wieder ein schönes Beispiel, an dem du sehen kannst, wie mit dem Begriff Weidgerechtigkeit mitunter arger Schindluder getrieben wird. Die Jäger saßen in geselliger Runde beisammen. Einer hatte eine Sau geschossen, leider eine führende Bache. Dennoch wurde kräftig gefeiert. Plötzlich gab es eine heftige Diskussion. Einer der Runde hatte nämlich den andern mit rechts zugeprostet. Prompt wurde er zu einer Schnapsrunde verdonnert, weil er gegen die Weidgerechtigkeit verstoßen habe. Über den Jäger, der eine Milchbache umgelegt hatte, regte sich niemand auf. Aber, daß ein anderer mit rechts geprostet hatte, das verstieß gegen die Regeln des sogenannten Brauchtums, darüber entrüsteten sich seine Jagdfreunde.

Mein lieber Fleuth, damit keine Mißverständnisse entstehen, ich sage es nochmal, ich bin für die Jagd. Ich halte nichts von diesen Bambi – Tierschützern, die am Wochenende mit ihren Kindern in den Wald fahren um ihnen die possierlichen Rehe mit ihren braunen Augen zu zeigen, die von den bösen Jägern abgeschossen werden.

Die Zahl der Rehe ist zur Zeit bei uns mindestens um den Faktor 3 zu hoch, das bedeutet, das jedes dritte Reh weg muß. Ich weiß nicht, ob du drauf geachtet hast, die Förster zäunen inzwischen schon einzelne Bäume ein, auf unserem Weg waren einige zu sehen. Der Verbißdruck ist inzwischen schon so hoch, daß die Einnahmen aus der Jagdverpachtung bei weitem nicht mehr ausreichen, um die Verluste durch Verbiß auszugleichen. Deshalb bin ich ganz optimistisch, daß sich das alles bald ändern wird, denn an der wirtschaftlichen Seite kommen auch die Forstämter und damit auch die Politik langfristig nicht mehr vorbei. Wenn einer großen Anzahl von Menschen erst einmal bewußt wird, daß sie das repräsentative Hobby einer kleinen Minderheit mitfinanziert, dann ist das Thema ganz schnell vom Tisch."

Fleuth hatte staunend zugehört.

„Donnerwetter", sagte er, „was man bei dir während eines Waldspazierganges alles lernt, du solltest Vorträge über das Thema halten."

Holzer lachte.

„Wer würde einem ehemaligen Waldarbeiter schon zuhören", sagte er, „und wen interessiert das schon."

„Aber du sagtest doch eben selber, daß es auch einen finanziellen Aspekt gibt, den werden die Leute doch verstehen."

„Ich glaube, hier sind eher die Leute aus den Forstverwaltungen gefragt, die für die einzelnen Gemeinden einmal objektiv hochrechnen müßten, wie die Bilanz der Jagd - und Holzwirtschaft aussieht", sagte Holzer.

„Kann man die Jäger nicht zwingen genügend Abschüsse vorzunehmen und so das Wild in Grenzen zu halten?" fragte Fleuth.

„Dazu müßten die das wollen", lachte Fleuth, „die haben doch gar kein Interesse daran, da kann die untere Jagdbehörde Abschußpläne machen wie, sie will, wer will das kontrollieren? Das Problem fängt doch schon bei der Wildfütterung an. Jeden Winter wird das Wild schön über den Winter gefüttert, damit es den schadlos übersteht. Die Folge ist, daß der Wildbestand im nächsten Jahr noch höher ist. Bei einer Nichtfütterung wäre ein Teil der schwachen Tiere im Winter gestorben, sozusagen ein Prozeß der natürlichen Auslese. Hinzu kommt noch, daß die natürlichen Feinde, die Raubtiere, systematisch bejagt werden, die könnten mit dazu beitragen, den Wildbestand kurz zu halten,. Die Jäger betrachten sie aber als Konkurrenten und deshalb werden sie abgeschossen."

„Aber ist es nicht besser die Tiere über den Winter zu füttern, als sie verhungern zu lassen?" wandte Fleuth ein.

Holzer lachte.

„Jetzt schlägt der Bambi – Effekt wieder zu, die armen Tiere, die müssen hungern und frieren und wir Gutmenschen bringen ihnen was zu essen in den Wald! Hört sich gut an, aber du verwechselst Ursache und Wirkung, mein lieber Fleuth. Tatsächlich ist es so, daß die Nahrungsknappheit zum großen Teil auf eine zu hohe Population zurückzuführen ist, das heißt, wären weniger Tiere da, dann würde das Nahrungsangebot auch ausreichen, aber so fressen die sich gegenseitig das Futter weg. Im übrigen, und das ist für mich entscheidend, es handelt sich bei diesen Tieren um Wild. Tiere die ich versorgen muß, die aus eigener Kraft nicht überleben können, die sollte man nicht mehr „Wild" nennen sondern „Zahm", das wären dann nämlich als Haustiere gehaltene Waldtiere."

Fleuth lachte.

„Du und deine Sprüche!" sagte er, „aber was mich noch interessiert, die Jäger müssen doch eigentlich eine Schlachterausbildung haben, die müssen die Tiere doch vor Ort ausnehmen und verarbeiten. Wie machen die das?"

Holzer lachte.

„Die Jagd in Deutschland ist, im Grunde genommen, Freilandschlachten unter erschwerten Bedingungen."

Fleuth schaute ihn an und brach in schallendes Gelächter aus.

„Dann wären Jäger ja Freilandmetzger."

Jetzt war es an Holzer zu lachen.

„Da könnste recht ham", sagte er.

„Aber jetzt mal im Ernst, was würdest du denn ändern, wenn du es könntest?", fragte Fleuth.

„Das ist nicht in einem Satz zu beantworten", sagte Holzer, „aber ich will dir das Grundsätzliche mal aufzeigen. Als erstes würde ich die Aufgabe des Jägers definieren und gesetzlich festschreiben. Aufgabe des Jägers müßte es, jenseits der Trophäenjagd sein, Wildbestände und die Leistungsfähigkeit der Lebensräume im Gleichgewicht zu halten. Des weiteren müßte eine neue Jagdmoral her und der Begriff Weidgerecht müßte neu besetzt werden. Die Jäger müssen endlich begreifen, daß Tiere ähnliche Verhaltensweisen haben und zeigen wie Menschen. So schreien sie, wenn sie Schmerzen haben, sie haben Angst und zittern wenn sie in Gefahr sind, sie haben den gleichen Fluchtreflex wie Menschen. Tiere suchen, genau wie Menschen, positive Erlebnisse und weichen negativen Empfindungen aus. Tier und Mensch gehören einem moralischen System an.

Weidgerechtigkeit kann daher nur bedeuten, daß unter dieser oft mißbrauchten Floskel ein gutes, artgerechtes und leidensfreies Leben aller Tiere berücksichtigt ist und sie vor allen vermeidbaren Leiden und Schmerzen geschützt sind, die Menschen, insbesondere die Jäger, ihnen zufügen können.

Nach meiner Ansicht wäre die Genossenschaftsjagd, die es früher einmal gab, die beste Möglichkeit, diese Grundsätze zu verwirklichen. Praktisch würde das bedeuten, daß die jetzt vorherrschende Revierjagd abgeschafft würde und die Bauern und sonstige Einheimische, wieder die Möglichkeit erhielten, sich zu Jagdgenossenschaften zusammenzuschließen, meinetwegen unter der Anleitung eines Forstbeamten oder Berufsjägers, um auf ihrem eigenen Grund und Boden das Jagdrecht auszuüben.

Es würde vielleicht einmal im Jahr eine große Jagd durchgeführt werden und das Wild hätte dann für den Rest des Jahres Ruhe. Die Bauern haben, im Gegensatz zu den Jagdpächtern, die oft von weit herkommen, eine starke Bindung an die Region bzw. an ihren Grund und Boden. Oft sind sie auch noch Waldbauern, die dann schon von selbst darauf achten, daß der Wildbestand sich im Interesse ihres Waldes in Grenzen hält. Fremde Revierinhaber interessiert das nicht, die wollen nicht stundenlang ansitzen, geschweige den auf die Pirsch gehen. Die brauchen große Wildbestände, damit auch der Ungeschickteste von ihnen gelegentlich mal zum Blattschuß kommt. So, mein Freund, jetzt hast du mal ganz im Groben meine Vorstellungen von Jagd gehört. Es war natürlich sehr oberflächlich, da ich auf deine Frage nicht vorbereitet war."

Fleuth war stark beeindruckt.

„Oberflächlich! Wenn alle Politiker Fragen aus dem Stegreif so klar beantworten könnten wie du, dann wären wir auf der Welt ein Stück weiter", sagte Fleuth.

Holzer stand auf.

„Wir sollten uns auf den Rückweg machen", sagte er.

Er packte seinen Brotbeutel und hing ihn sich um. Dann machten sie sich auf den Rückweg. Nach zwei Stunden hatten sie die Stadt erreicht.

6.Kapitel

Der alte Müller hatte seinen zweitgeborenen Sohn auf seinem Hof in der Eifel besucht. Der hatte dort vor zehn Jahren eingeheiratet und machte in Schweinezucht. Sie hatten sich lange nicht mehr gesehen, da es für Bauern schwer ist, längere Zeit vom Hof abkömmlich zu sein.

Der alte Müller war anders als seine Kollegen. Während die meisten nicht loslassen konnten und bis ins hohe Alter ihren Kindern reinredeten, hatte er den Hof schon recht früh seinem Ältesten überschrieben. Er hatte einfach keine Lust, bis zum Ende seiner Tage zu arbeiten, wie das so viele taten. Er hatte noch einiges vor. Vor zwei Wochen dachte er sich, jetzt hast du Zeit, jetzt kannst du den Jüngsten besuchen. Seine Frau mußte allerdings zu Hause bleiben und den Sohn unterstützen. Fast zwei Wochen war er jetzt weg gewesen.

Gestern Mittag war er zurückgekommen. Am Abend war er noch auf ein Bier in den Gasthof Kasper gegangen, um sich über die neusten Ereignisse zu informieren. Dort hatten ihn einige schon etwas angetrunkene Bauern empfangen. Ihre Reden waren voller Anzüglichkeiten auf ihn und seine Eiben. Zuerst konnte er sich keinen Reim auf all die Andeutungen machen, bis ihn ein Kollege beim gemeinsamen Toilettengang aufklärte.

Daß dem Jansen ein Pferd vergiftet worden sei, wurde ihm erzählt. Eibenvergiftung, so hatte man gehört und er habe doch Eiben und wisse über die Wirkung von Eiben Bescheid. Nun sei er aber in dem fraglichen Zeitraum nicht dagewesen. Andererseits habe sein Sohn kein gutes Verhältnis zu Jansen, das wußte jeder. Und so munkelte man hinter vorgehaltener Hand, daß die Eibenvergiftung kein Zufall gewesen sei. Einige waren sogar der Ansicht, daß er, der alte Müller, mit von der Partie gewesen sei und, um nicht in Verdacht zu geraten, weggefahren sei.

Müller hatte schweigend zugehört und dankte seinem Informanten. Er ging zurück, trank sein Bier aus und ging nach Hause. Daß eine seiner Eiben fehlte, hatte er schon festgestellt. Daß sie seinem Sohn im Weg war und der sie schon seit längerem entfernen wollte, war ihm bekannt. Er war damit einverstanden, hatte aber darauf bestanden, daß die Eibe ausgewildert werden sollte. Jetzt hatte der Sohn, während seiner Abwesenheit, die Eibe entfernt.

Der alte Müller war keinesfalls ein Freund von Jansen und hätte es am liebsten gesehen, wenn er dahin verschwunden wäre, wo er hergekommen war, aber deshalb Pferde vergiften, das tat ein Bauer nicht. Nichtsdestoweniger traute Müller seinem Sohn nicht über den Weg. Ausschließen konnte man bei ihm nichts. Müller hatte beschlossen, seinen Sohn zur Rede zu stellen. Die Situation ergab sich am nächsten Tag, nach dem zweiten Frühstück. Die Bäuerin hatte den Tisch abgeräumt und werkelte in der Küche herum.

„Wat is mir der Eibe?" eröffnete der alte Müller unbeholfen das Gespräch.

„Wat soll sein mit der Eibe, die stand im Wech, wie du weißt und da habe isch se weggemacht. Warum fragst du danach?"

„Die Leut rede", sagte der alte Müller.

„Laß sie rede", sagte Gerald Müller, „wat geht uns dat an?"

„Jung, nimm dat net auf die leicht Schulter, dat is kein Streich mehr. Hier geht et um mehr und deshalb frag isch disch jetzt, ob du wat mit dem Giftanschlag auf dem Jansen sei Gäul zu tun hast. Sach mir die Wahrheit."

Gerald Müller war aufgesprungen und lief in der Küche herum.

„So wat traust du mir zu, nur weil da einiche Spinner irschend wat in die Welt setze! Isch verstehe disch net, dat du mir so wat zutraust."

„Heißt dat, du hast nix mit dem Giftanschlag zu tun", fragte der alte Müller.

„Natürlich net", sagte Gerald Müller, „ich hab die Eib ausgegrabe und sie dann auf en klei Lichtung, in der Näh vom Wasserhäuschen, ausgesetzt, dafür gibt et sogar en Zeuche."

„Isch glaub dir ja", sagte der alte Müller, „et ist nur seltsam, der zeitlich Zufall."

Damit war die Sache erledigt und Gerald fuhr gutgelaunt zum Mähen.

Zur gleichen Zeit traf der Briefträger auf dem Tannenhof ein. Jansen traf ihn auf dem Hof. Er übergab ihm ein dickes Bündel Briefe.

„Mein Gott, die Post wird selbst in der Urlaubszeit nicht weniger", sagte Jansen.

„Das meiste ist Werbung", versicherte der Briefträger, „das kann ich wohl sagen, ohne das Briefgeheimnis zu verletzen."

Nachdem der Briefträger vom Hof gefahren war, setzte Jansen sich auf die Bank vor dem Hause, um die Post durchzusehen. Es war wirklich fast nur Werbung. Jansen filterte die eigentliche Post heraus. Es waren drei Rechnungen und ein Brief vom Reit – und Fahrverein. Was wollen die denn, dachte Jansen und riß den Brief auf.

Es war die Kündigung. Der Reit – und Fahrverein kündigte fristgerecht zum Jahresende den bestehenden Vertrag. Als Grund wurden die für den Verein nicht förderlichen, ja schädlichen Vorfälle der letzten Wochen angeführt. Der Vorsitzende Boller bedauerte den Schritt, bemerkte aber, daß einige Eltern ihre Kinder bereits aus dem Verein abgemeldet hätten und der Verein daher gezwungen sei Konsequenzen zu ziehen. Das Ganze täte ihm unendlich leid, vor allem auch deswegen, weil sie in der Vergangenheit sehr gut zusammengearbeitet hätten, aber leider gäbe es keine andere Möglichkeit. Jansen ließ den Brief sinken und starrte in die Ferne. Das war das Ende. Sie hatten ihn geschafft.

Der Reit - und Fahrverein war eines seiner Haupt-standbeine, wenn das wegbrach, konnte er den Laden dicht machen. Er hatte sehr wohl registriert, daß das Tagesgeschäft, trotz Ferien, in der letzten Zeit immer schlechter lief, die Kinder blieben aus. Es gab genug Familien, die nicht in Urlaub gefahren waren und deren Kinder bisher mehrmals die Woche zum Reiten gekomen waren, sie blieben aus. Zuerst hatte Jansen befürchtet, daß nach den Anschlägen nicht genug Pferde zur Verfügung stehen würden. Jetzt war das Gegenteil der Fall.

Jansen informierte seine Frau. Danach saßen sie eine Weile ratlos in der Küche. Nach einiger Zeit sagte seine Frau: „Das ist alleine auf dem Boller seinem Mist gewachsen. Wir sollten mit dem Schmidt und dem Groß reden, die sind im Vorstand, mit denen hast du dich doch immer gut verstanden, die sind doch auch Stammkunden bei uns. Erinnere dich, die haben im letzten Herbst zusammen ein halbes Rind gekauft und die Frauen kommen einmal die Woche und kaufen Eier und Gemüse."

„Das mach ich auch", sagte Jansen und eilte zum Telefon.

Er wählte die Nummer von Schmidt, dem stellvertretenden Vorsitzenden des Vereins. Nach einer Weile sprang der Anrufbeantworter an und teilte Jansen mit, daß die gesamte Familie im Urlaub sei. Jansen legte auf. Bei Groß ging niemand ans Telefon.

„Alle im Urlaub", sagte Jansen zu seiner Frau.

„Vielleicht solltest du deinen Freund Holzer anrufen, der weiß doch immer einen Rat."

„Du hast recht, zu dem fahre ich heute abend", sagte Jansen.

Am Abend war Jansen zu Holzer und von dort waren sie zu Fleuth in den Garten gefahren, da Holzer und Fleuth dort verabredet waren. Als sie dann vor Holzers Gartenhaus saßen, erzählte Jansen von der Kündigung des Reit – und Fahrvereins.

„Dat is ganz allein auf dem Boller seim Mist gewachse", sagte Holzer, „der Schmidt und der Groß sin jetz im Urlaub, die hätte da nie mitgemacht. Denkt doch dran als dei

Pferde vergiftet worde sin, da ware der Groß un der Schmidt am nächste Tach da un hamm dir die Pferd vom Reitverein zur Verfüchung gestellt. Wenn die beide da wärn, hättst du kei Kündigung gekriegt, da wett ich mein Kopp drauf."

„Da könntest du recht haben", sagte Jansen, „als die Beiden nach dem ersten Anschlag bei mir waren und mir großzügig die Pferde zur Verfügung gestellt haben, da rief mich der Schmidt abends noch an und erzählte mir, daß dem Boller das alles gar nicht recht sei, ich solle mir aber, falls der bei mir aufkreuzen sollte, keine Gedanken machen, sie würden das regeln. Letztendlich müßten Vorstandsbeschlüsse mit Zweidrittelmehrheit gefaßt werden und das sei in diesem Fall sichergestellt. Im übrigen sei es sehr unwahrscheinlich, daß der Boller bei mir auftauchen würde, da sei der viel zu feige für. Es war auch so, der Boller ist bis heute nicht aufgetaucht, das Einzige, was von dem kam ist die Kündigung."

„Die nicht rechtswirksam ist", sagte Holzer, „denn wie du eben richtig festgestellt hast, ist ein Vorstandsbeschluß nur mit Zweidrittelmehrheit gültig und die ist nicht sichergestellt, da Schmidt und Groß zun einen bei dieser Sache nie im Leben mitspielen und zum andern gar nicht gefragt worden sind, da sie im Urlaub sind."

Jansen schaute überrascht.

„Du hast recht, die ganze Sache geht mich eigentlich nichts an, die ist überhaupt nicht rechtens", sagte Jansen.

„Halt, halt", mischte Fleuth sich ein und meinte zu Jansen gewandt, „die Sache ist für dich sehr wohl rechtens, du hast vom Verein, repräsentiert durch den Vorsitzenden Boller eine fristgerechte Kündigung erhalten und die ist für dich maßgebend. Ob das vereinsintern mit rechten Dingen zugegangen ist, ist eine ganz andere, aber für dich uninteressante Frage. Vielleicht hat der Boller ja mit Groß oder Schmidt telefoniert und sich Rückendeckung geholt. Wissen wir doch alles nicht."

„Da hat er recht, der Fleuth", sagte Holzer, „die vereinsinternen Querelen sinn für dich net maßgebend. Dir gegenüber hat der Verein fristgerecht und rechtswirksam zum Jahresende gekündigt, da beißt die Maus kein Fade ab."

„Ich bin mir allerdings ziemlich sicher, daß der Groß und der Schmidt von der Sache nichts wissen und dem Boller, wenn sie aus dem Urlaub zurück sind, ganz schön die Hölle heiß machen werden", sagte Fleuth.

Holzer nickte.

„Da haste wahrscheinlich recht, aber dat braucht unsern Freund Jansen net zu interessieren, da hat der nämlich nix von."

„Wo werden die denn die Pferde jetzt unterstellen?" fragte Jansen.

„Da hab ich auch schon drübber nachgedacht", sagte Holzer, „dat einzige wat mir dazu einfällt, is der Steinhof. Der Melchior tät dat wahrscheinlich mache, aber dat krieg ich raus, ich ruf den alten Melchior morgen an, dann wisse mir Bescheid."

„Und ich versuche rauszukriegen, wo Schmidt und Groß im Urlaub sind, bzw. wann die aus dem Urlaub zurückkommen. Wenn ich sie erreichen kann, dann ruf ich sie an."

Jansen schaute die beiden dankbar an.

„Was mach ich?" fragte er.

„Du machst gar nichts, sieh zu, daß du wieder Normalität auf deinen Hof kriegst, den Rest machen wir. Wäre doch gelacht, wenn wir das nicht geregelt bekämen!" sagte Fleuth. „Obwohl, manchmal glaube ich, daß da irgend jemand dran dreht, es sind zu viele Zufälle, die zeitgleich passieren."

„Da hab isch auch schon drüber nachgedacht", sagte Holzer, „aber ich weiß beim beste Wille net, wer dat sein könnt. Der jung Müller is erstens zu blöd für so was un dann wüßt ich auch net wie der dat hingekricht ham soll. Dat mit der Eibenvergiftung geht wahrscheinlich auf dem Müller sei Konto, aber Pferde aufzuschlitze und dafür zu sorge, dat kleine Mädchen vom Gaul fallen und dann die Kündigung vom Reit – und Fahrverein, dat zu organisiere, dat packt der Müller net."

„Das mit dem Reit – und Fahrverein würde ich als Folge der Ereignisse bezeichnen, so etwas brauchte man wahrscheinlich gar nicht zu inszenieren, da haben ein paar besorgte Eltern nachgefragt und schon hat der Boller kalte Füße gekriegt und dem Jansen gekündigt."

„Aber der kriegt doch aus dem Stegreif keinen Hof, wo er von heute auf morgen seine Pferde unterstellen kann! Daß braucht doch Zeit und vorher kann der mir doch nicht kündigen", sagte Jansen. „Außerdem muß der doch jetzt doppelt bezahlen, der Vertrag läuft zwar bis zum Jahresende, aber wenn die Kinder wieder reiten sollen, was bei mir wegen der drohenden Gefahren ja nicht mehr möglich ist, dann muß er die Pferde bald bei mir holen."

Holzer nickte.

„Das leuchtet ein."

„Und das soll der Boller innerhalb einer Woche alles geregelt haben, das kann ich mir einfach nicht vorstellen, so schnell geht das nicht", sagte Jansen.

Die drei saßen noch eine ganze Weile schweigend beieinander.

Am nächsten Morgen war Holzer etwas später als gewöhnlich auf den Beinen. Der gestrige Abend steckte ihm noch in den Knochen. Jansen war relativ früh gegangen, da er heute morgen früh raus mußte und außerdem mit dem Auto da war. Er und Fleuth hatten noch eine ganze Weile am Feuer gesessen und die merkwürdigen Vorfälle bei einigen Flaschen Bier besprochen. Holzer ging diesmal nicht in Richtung Tannenhof, sondern sein Weg führte ihn heute in die entgegengesetzte Richtung zum Steinhof. Er wollte dem Steinhofbauern, dem Melchior, auf den Zahn fühlen. Die beiden kannten sich ganz gut, Holzer hatte bei seinen früheren Streifzügen des öfteren ein Schwätzchen mit dem alten Melchior gehalten. Der Melchior war in der letzten Zeit sehr gesprächig geworden, da der Hof sehr abgelegen war und im Gegensatz zum Tannenhof hier niemand zufällig vorbei kam. Seit seine Frau erkrankt war, fehlten ihm auch die Kneipen, die er früher zweimal die Woche aufsuchte. Er freute sich über jeden, der sich in die Nähe seines Hofes verirrte und mit dem er ein Schwätzchen machen konnte.

Melchior saß auf seinem Trecker und wollte gerade vom Hof fahren, als er Holzer kommen sah. Er stellte sofort den Motor ab und sprang vom Trecker.

„Hallo Holzer, was treibt dich denn hierher?" rief er erfreut. „Du warst ja lang nicht mehr in der Gegend."

„Grüß dich Melchior, alter Einsiedel, wie geht's dir?"

„Den Umständ entsprechend", lachte Melchior, „komm rein, mir trinke en Kaffee."

Sie gingen ins Haus. Melchior setzte Kaffeewasser auf und stellte kurz darauf einer Kanne frisch aufgebrühten Kaffee auf den Tisch.
Holzer hatte seine Pfeife angebrannt und paffte dicke Wolken in die Luft. Die Küche war bald mit den Wohlgerüchen aus Holzers Pfeife und dem Duft des frisch aufgebrühten Kaffees erfüllt.

„Ja, hier in der Gegend war ich schon lang net mehr. Bin die letzt Zeit immer in die entgegengesetzt Richtung gegangen, am Tannenhof vorbei, nach der Talsperre hin, aber da is mer in der letzt Zeit zu viel los, jedesmal, wenn ich da vorbei komm, is wat Neues passiert. Heut wollt ich mei Ruh, deshalb bin ich hier lang gegange."

„Ganz schön Pech gehabt, der Jansen", sagte Melchior, „Ich hab nix geche den, ich weiß auch net, warum die andern so ein Theater mache. Dat mit den Verpachtunge, da sin die doch selber schuld, hätte se vernünftige Pachtverträch mit den Leut mache solle. Der Jansen hat se gemacht un jetzt sin die sauer."

„Du hast also nix gegen den Jansen, aber warum haste denn die Gäul vom Reit - und Fahrverein bei dir aufgenomme?" klopfte Holzer auf den Busch.
Melchior sah ihn überrascht an.

„Woher weißte dat denn schon widder? Da sollt doch vorläufich net drüwer geschwätzt werden, wenigstens wollt der Boller dat so."

„Du weißt doch, hier bleibt nix geheim", lachte Holzer, „also warum haste dat gemacht?"

„Ich hab mich net darum gerisse, vor einer Woch stand der Boller vor der Tür un hat mir e Angebot gemacht, dem ich net widderstehe konnt, et war wie Weihnachte. Der zahlt mir im Monat genausoviel, wie mir der Milchverkauf im Augeblick einbringt. Konnt ich da nee sage? Mei Frau is seit über einem Jahr bettlägerich, ich bin einundsechzig, un mein Sohn hat kei Interesse an Landwirtschaft. Ich pack dat hier net mehr lang alleine."

„Aber du hast doch jetz mit dene Gäul noch mehr Arbeit", sagte Holzer.

Melchior lachte.

„Dat is ja dat schöne, ich werd Sofamelker*. Die Küh verkauf ich und mei Milchkontingent verpacht ich. Ich hab schon mit dem Müller gesproche, der pachtet mei Milchkontingent sofort und kauft mir auch en große Teil von meinem Milchvieh zu em gute Preis ab. "

Holzer nickte, er kannte die Lage der Bauern. Das war ein gutes Geschäft.

„Un wat dat Schöne is, ich hab mit dem Reit - und Fahrverein en Vertrach über fünf Jahr, bezahlt wird schon ab diesem Monat, obwohl die Gäul noch gar net da sinn un de nächst Zeit wahrscheinlich noch gar net komme. Nebenbei kommt durch die Kinner vielleich wieder e bisje Lebe auf den Hof, et könnt nix schade, auch weche meiner Frau."

„Ja, da kann mer dich nur beglückwünsche, ich gönn et dir von Herze, aber den Jansen wird et die Existenz koste", sagte Holzer.

„Meinste wirklich dat der daran kaputt geht, ich kann doch nix dafür, der Boller hat gesacht, daß der Jansen, aufgrund der Vorfäll sowieso kei Chance mer hätt, un wenn ich et net mache tät, dann machts en anderer. Watt sollt ich also mache?"

Holzer nickte. Ihm war klar, daß Melchior keine Schuld traf und daß er wahrscheinlich keine Ahnung hatte wer in diesem Spiel die Strippen zog. Aber das wußte er selber im Augenblick auch noch nicht so genau.

* Sofamelker sind Bauern, die ihr Milchkontingent gegen Geld verpachtet haben

Holzer schwatzte noch ein wenig mit Melchior, bevor er sich auf den Weg machte.

Er ging nach Hause und ließ sich in seinem Sessel nieder. Er mußte nachdenken. Der junge Müller geriet immer mehr ins Visier. Er war der Einzige, der ein richtiges Motiv hatte. Müller war der Vertreter des Bauernverbandes und der Platzhirsch unter den Bauern gewesen, bis Jansen auftauchte. Der war nicht im Verband und ließ sich auch in keinster Weise von Müller rein reden, zudem hatte er auch noch Erfolg. Ein wichtiges Motiv war sicher Müllers Autoritätsverlust bei den Bauern, der aber nicht nur etwas mit Jansen zu tun hatte.

Der junge Müller hatte die Nachfolge seines Vaters angetreten. Der Alte war jahrzehntelang ihr Mann im Bauernverband gewesen und hatte das Vertrauen der Bauern genossen. Nachdem der dann den Hof auf den Ältesten überschrieben hatte, war die Wahl für den Vertreter im Bauernverband auf ihn gefallen, sozusagen aus Gewohnheit. Schnell hatte der größte Teil der Bauern gemerkt, daß Müller junior meistens sein eigenes Süppchen kochte.

Müller hatte den Autoritätsverlust bemerkt, ihn aber ausschließlich auf Jansen zurückgeführt. Die Folge waren diese merkwürdigen Vorfälle, die auf dem Tannenhof Einzug hielten. Brennende Strohlager waren das eine, vergiftete Pferde waren eine ganz andere Sache. Bei dem brennenden Strohlager hatten die Bauern noch vor sich hin gegrinst. Bei dem Anschlag auf die Pferde war das anders, das ging zu weit. Fast alle Bauern waren der Ansicht, daß der junge Müller hinter dem Anschlag steckte, obwohl keiner offen darüber sprach.

Der letzte Coup, die Kündigung des Reit - und Fahrvereins, war in ihren Augen auch nicht schlecht. Jansen verlor ein wichtiges Bein seiner Existenz und gleichzeitig konnte Müller durch das Pachten von Melchiors Milchkontingent seinen Betrieb beträchtlich vergrößern.

Nur, wie der Müller den Boller soweit gekriegt hatte, bei Jansen den Vertrag zu kündigen, beschäftigte ihn. Die beiden hatten bisher nichts miteinander zu tun gehabt. Holzer hatte sogar den Eindruck, daß der Müller den Bol –

ler nicht mochte. Er kam in dieser Frage zu keinem befriedigenden Resultat. Eine andere Sache, die dringend der Klärung bedurfte, war die finanzielle Angelegenheit des Deals. Woher hatte der Reit - und Fahrverein auf einmal soviel Geld, denn Melchior wurde außerordentlich gut bezahlt. Er hatte recht, er wäre verrückt gewesen, dieses Angebot abzulehnen.

Holzer war in seinem Sessel eingeschlafen. Die Haustürklingel riß ihn jäh aus seinem Schlaf. Fleuth stand vor der Tür.

„Oh, ich habe dich wohl geweckt", meinte er, „ich bin heute morgen auch nicht aus den Federn gekommen, der gestrige Abend, du verstehst."

„Ne", sagte Holzer, „ ich hab heut morgen schon einiges geschafft."

Holzer machte Kaffee, währenddessen erzählte er Fleuth, was er heute morgen erfahren hatte.

„Der Müller steckt hinter allem. Man kann die Dinge drehen und wenden wie man will, am Ende taucht immer der Müller auf", sagte Fleuth.

„Siehste, und genau dat macht mich stutzig, du hast dat sehr schön formuliert, mer kann denke soviel man will, am Ende kommt der Müller raus."

„Du meinst, das ist zu offensichtlich? Überschätze den jungen Müller nicht, der hat mit dem Alten, bis auf den Namen, nicht viel gemein. Der ist so dumm, daß ihn die Schweine beißen. Hinzu kommt, daß der auch noch dreist ist, was ja sehr oft mit Dummheit einhergeht."
Holzer nickte.

„Ich geh heut abend nach dem Kasper, et is Urlaub, bestimmt is der Boller da und dem fühl ich mal auf den Zahn. Kommst du mit?" fragte Holzer.

„Klar", sagte Fleuth.

„Dann mach ich uns jetzt mal wat zu essen, et is ja schon sechs Uhr", sagte Holzer und hantierte in der Küche herum.

Es gab Bratkartoffeln mit Spiegelei. Holzer, der den ganzen Tag noch nicht viel gegessen hatte, schlug zu, daß die Schwarte krachte. Fleuth war mit dem Essen eher zurückhaltend, was weniger mit Holzers Kochkünsten zu tun hatte als mit seinem seit gestern Abend etwas überreizten Magen. Nach dem Essen machten sie sich auf den Weg in die Kneipe. Sie war nur mäßig besetzt, aber es war ja noch früh. Sie setzten sich an einen Tisch und bestellten Bier. Als der Wirt das Bier brachte, fragte Holzer nach Boller.

Der Wirt lachte.

„Wie es scheint, verkehrt der nicht mehr bei uns, dem sind wir nicht mehr gut genug", sagte der Wirt, „der geht neuerdings ins Hotel Westerwald."

„Da is der doch bis jetzt nur hingegange, wenn en Familiefeier war" sagte Holzer, „wat is denn in den gefahrn?"

„Vielleicht liegt es an eurer Gesellschaft, vielleicht ist die dem nicht mehr fein genug. Der Boller war doch schon immer was Besseres, zumindest hielt er sich dafür", sagte der Wirt, „der verkehrt jetzt in den besseren Kreisen und diesen Ansprüchen genügt mein Lokal natürlich nicht."

„In den besseren Kreisen verkehrt der Boller, so, so", sagte Fleuth, „wer wird das denn sein, die besseren Kreise, kann man das erfahren?"

„Aber sicher", mischte sich Pitton, der Maurer, ein, „der is mit dem Eisenbrey gesehen worde."

„Ach, mit dem Eisenbrey", sagte Holzer und schaute Fleuth bedeutungsvoll an.

„Was hat der Eisenbrey denn mit dem Boller zu tun", fragte Fleuth.

„Das haben wir uns auch gefragt", sagte Pitton, „auf jeden Fall haben die beiden ausgiebigst getafelt und vom Feinsten gesoffen. Der Boller war so breit, daß der Fahrer vom Eisenbrey den nach Hause fahren mußte."

„Vielleicht will der reite lerne", lachte Holzer, „für den reicht aber ein Islandpferd."

Alles lachte.

„Du sollst ja auch schon so deine Erlebnisse mit dem Eisenbrey gehabt haben", sagte Pitton, „ ich hab gehört du hast dem sein Gewehr abgenommen."

Holzer mußte den Vorfall mit Eisenbrey erzählen. Der Wirt klopfte sich auf die Schenkel vor Lachen.

„Das hast du gut gemacht, Holzer, dem Angeber mal zu zeigen, wo der Bartel den Most holt, ich kann den Kerl nicht ausstehen. Der glaubt, daß er der Größte ist, der hat das ganze Dorf gekauft und jetzt scheint er sich die Leute bei uns aus der Stadt zu kaufen."

„Wenn meinste de denn damit?", fragte Holzer.

„Na, den Boller natürlich, wen sonst, oder glaubst du, daß der Eisenbrey sich mit dem Boller trifft, weil der so ein schönes Auto hat? Ne, der will was von dem Boller."

Holzer und Fleuth schauten sich bedeutungsvoll an. Fleuth wurde an diesem Abend nicht sehr alt, der gestrige Abend steckte ihm noch in den Knochen. Holzer dagegen blieb bis nach Mitternacht und genoß die frisch gezapften Pilse.

Den nächsten Morgen hatte Holzer für häusliche Arbeiten wie Putzen, Waschen und Einkaufen reserviert. Die Arbeiten gingen ihm flott von der Hand, so daß er gegen 11°° Uhr zum Einkaufen gehen konnte. Als er auf dem Weg zum Supermarkt war, hörte er ein Martinshorn. Ein Krankenwagen fuhr mit hoher Geschwindigkeit und Blaulicht durch die Stadt. Holzer mußte an Jansen denken. Hoffentlich war da nichts passiert. Während des Einkaufs versuchte Holzer, den Gedanken an Jansen zu verdrängen, es half jedoch nichts. Holzers Unruhe wurde immer größer. Auf dem Nachhauseweg rief er von der Post aus bei Jansen an.

Einer von Jansens Urlaubern nahm den Hörer ab. Jansen war nicht zu sprechen, er sei mit der Polizei unterwegs. Eines der Mädchen, die Freundin seiner Tochter, sei vom Pferd gestürzt und erheblich verletzt. Was Genaues sei noch nicht bekannt. Holzer ging nach Hause. Er konnte im Augenblick nichts tun. Die Katastrophe war für

Jansen jetzt komplett. Das konnte alles nicht mit rechten Dingen zugehen.

Zu Hause setzte er sich in seinen Sessel und überlegte. Er kam wieder zu keinem Resultat. Gegen Abend rief er bei Jansen an. Das Mädchen war tot. Es war Ines, sie war direkt nach dem Sturz gestorben, der Hals war gebrochen. Jansen war mit den Nerven am Ende. Er konnte das alles nicht mehr verstehen.

Ines war am frühen Mittag ganz normal mit ihrem Bruder ausgeritten. Nicht weit von der Stelle, wo Inka abgeworfen worden war, hatte das Pferd mitten im Galopp gescheut und war einfach stehen geblieben. Ines war mehrere Meter durch die Luft geflogen und dann mit dem Kopf aufgeschlagen.

Das Pferd war durchgegangen. Es mußte sich sehr erschreckt haben, da es erst gegen Abend, total erschöpft, auf dem Tannenhof angekommen war. Fast genau wie beim ersten Mal, dachte Holzer. Die Stelle stimmte annähernd und es war wie beim ersten Mal wieder ein Augenzeuge dabei, der außer dem Unfall nichts gesehen hatte. Er berichtete von einem kaum hörbaren zischenden Geräusch kurz vor dem Sturz, schloß aber einen Zusammenhang mit dem Sturz aus, da sein Pferd in keinster Weise auf das Geräusch reagiert hatte. Holzer versprach Jansen, morgen vorbeizukommen. Er rief Fleuth an, der gerade zu ihm wollte. Zehn Minuten später war er da. Bei einem Rotwein erzählte Holzer den neuen Vorfall auf dem Tannenhof. Fleuth hatte schon davon gehört, wußte aber keine Einzelheiten. Der Abend verlief recht eintönig. Sie saßen beide in ihren Sesseln und schwiegen vor sich hin. Gegen zehn Uhr unterbrach Holzer die Stille und sagte: „Wir müssen was unternehmen, auf dem Tannenhof gehen seltsame Dinge vor, daß ist alles nicht normal, ich spüre das regelrecht körperlich. Und wir werden das rauskriegen, hast du verstanden, Fleuth? Wir müssen nur ganz systematisch vorgehen. Wir treffen uns morgen hier zum Frühstück und dann bereden wir unsere weitere Vorgehensweise. Bis dahin macht sich jeder intensiv Gedanken über diese verfluchte Geschichte."

Punkt 7°° Uhr stand Fleuth bei Holzer auf der Matte. Die depressive Stimmung vom gestrigen Abend war einer vorsichtig optimistischen Stimmung gewichen. Es gab Schinken und Eier mit Speck und jede Menge Kaffee. Nach dem Frühstück holte Holzer einen Schreibblock und einen Stift.

„Jetzt bringen wir mal Ordnung in das Chaos", sagte er.

„Der Jansen ist jetzt fast zehn Jahre hier, das heißt, er kam 1990. Wann gab es bei dem denn die ersten merkwürdigen Vorfälle, weißt du das noch?"

„Ich habe den Jansen ja erst 1994 kennengelernt, das war das Jahr, wo dauernd die Zäune durchschnitten waren", sagte Fleuth.

Holzer machte eine Liste nach Jahreszahlen und trug die Ereignisse, die sie Jahreszahlen zuordnen konnten, in die Liste ein. Für jedes Jahr gab es eine oder zwei Merkwürdigkeiten, so kam über die Jahre gesehen einiges zusammen. Zugenommen hatten die Merkwürdigkeiten 1998. In diesem Jahr brannte sein Strohlager ab und die Maschine seines Treckers gab ohne Vorwarnung den Geist auf. Jansen war dadurch richtig in Schwierigkeiten gekommen. Das alles war aber nichts im Vergleich zu diesem Jahr. Die Liste brachte es an den Tag, irgend jemand machte Jansen seit Jahren Schwierigkeiten. Meist waren es Kleinigkeiten, die Krönung war dieses Jahr. Es war so, als hätte sich jemand von den harmlosen Bemühungen, Jansen zu vergraulen, verabschiedet und eine härtere Gangart eingelegt.

Es war eindeutig, innerhalb von 4 Wochen war in diesem Jahr mehr geschehen als die ganzen Jahre vorher. Ein Blick auf die Liste machte es deutlich:

1. Giftanschlag (Eibe) auf die Pferde (1 Pferd tot., 3 krank)
2. Sturz einer Reiterin   (Gehirnerschütterung, Armbruch)
3. Pferd bestialisch ermordet.

4.   Kündigung des Reit und Fahrvereins
5.   Sturz einer Reiterin mit Todesfolge

„Ich finde", sagte Fleuth, „das alles spricht eine deutliche Sprache. Das ist im Leben kein Zufall."

„Ne", sagte Holzer, „dat mit dem Zufall hab ich mir von der Backe geputzt. Hier versucht jemand, den Jansen fertichzumache. Die Frach is, wer und warum, und dat wern mir rauskriege. Unsere zentrale Frache is, wem nützt et wenn der Jansen aufgibt und verschwindet?"

„Der Einzige, der mir einfällt, ist der junge Müller", sagte Fleuth.

„Und genau um den wern mir uns jetzt kümmern. Wir gehen erst ma zu Jansen und informiern uns und dann geht's dem Müller an die Wäsch."

Sie machten sich auf den Weg. Bei Jansen gab es nichts Neues.

Da die Leiche des verunglückten Mädchens freigegeben worden war, gab es keinen Grund für die Familie länger zu bleiben, sie war heute morgen abgereist. Jansen und seine Frau waren sehr niedergeschlagen. Die übrigen Gäste hatten ihre Abreise für die nächsten Tage angekündigt. Jansen hatte dafür Verständnis, man konnte auf einem Hof, wo Pferde massakriert wurden, Reiter sich verletzten oder zu Tode kamen, keinen Urlaub machen. Die meisten Gäste waren von dem Ereignissen tief betroffen und hatten den Jansens ihr Mitgefühl ausgedrückt.

Jansen und seine Frau waren sich einig, sie würden im Herbst, nach der Ernte, den Hof abwickeln.Ohne die Pferde, das Hauptstandbein, konnten sie nicht überleben. Die Landwirtschaft warf zwar einiges ab, die Rahmenbedingungen waren jedoch zu schlecht. So war im Westerwald, der Winter 4 Wochen länger und der Sommer 4 Wochen kürzer.

Holzer hatte noch einige beruhigende Worte an die beiden gerichtet, aber dann erkannt, daß dies im Augenblick sinnlos war. Er nahm sich vor, in nächster Zeit mit den beiden zu reden, wenn der Schock überwunden war. Vorläufig ließ er sie in Ruhe.

Er und Fleuth ließen sich von Inka den Unglücksort zeigen. Er war tatsächlich nicht weit von dem Ort entfernt, an dem sie selbst gestürzt war. Eine kleine Strecke hinter dem kleinen Tor, durch das man Jansens Ländereien verließ, war der Sturz geschehen. Das Tor führte zu einem Weg, auf dem die beiden eine Weile geritten waren. Links vom Weg war die Koppel von Jansen, rechts war ein Schonung oder Fichtenplantage wie Holzer sich ausdrückte. Alle zweihundert Meter führten schnurgerade Schneisen in die Schonungen, sie waren vier bis fünf Meter breit und in der Mitte war meist ein Entwässerungsgraben. In eine solche Schneise waren die beiden Kinder geritten und, wie die Spuren zeigten nicht zum ersten Mal. Hier war auch der Sturz geschehen.

Inka erzählte, daß sie mit ihrer Freundin Ines auch immer in diesen Schneisen geritten war. Der erste Sturz war in derselben Schneise geschehen. Holzer ließ sich die Stelle zeigen, an der Ines zu Tode gestürzt war. Es gab an der Unglücksstelle keinen offensichtlichen Grund für einen Sturz. An dieser Stelle führten von der Hauptschneise zwei kleine Schneisen von ca. 10 m Länge, nach links und rechts in die Schonung und hörten dann einfach auf und man stand vor einer scheinbar undurchdringlichen Wand aus Tannenästen. Holzer schickte Ines zurück. Fleuth wollte mit, doch Holzer bedeutete ihm zu bleiben.

„Was willst du denn noch hier?" fragte Fleuth, nachdem Ines sich entfernt hatte.

„Isch muß den Ort auf misch wirke lasse, aus dem Grund is et nötig, dat ich mich hier en Weil ganz ruhig aufhalt", sagte Holzer.

„Dann hätte ich ja mit dem Mädchen zurückgehen können", sagte Fleuth.

„Kannst aber auch hier bleibe und mir beim Denke helfe", sagte Holzer.

Er setzte sich am Rande des Fichtenwäldchens auf den Boden und ließ den Ort auf sich wirken. Fleuth war in die Schonung eingedrungen und lief dort umher. Gelegentlich hörte Holzer Äste brechen. Was war hier geschehen? Warum hatte das Pferd gescheut? Holzer stand auf und untersuchte den Boden. Nichts, der Boden war eben und gleichmäßig, man konnte die Hufabdrücke noch deutlich erkennen. Etwas blinkte in der Sonne. Holzer bückte sich und hob etwas auf. Es war eine Mutter, eine Schraubenmutter.

Wie kam die Mutter in den Wald?

Holzer lachte vor sich hin. Jetzt bezeichnete er diese Fichtenplantage schon als Wald. Das war ein Feld, genau wie ein Weizenfeld, nur wurden hier Fichten angebaut. Hier liefen Arbeiter, ehemalige Kollegen, mit Motorsägen herum, schwere Maschinen hatten hier den Holzbruch weggeräumt, den der Wirbelsturm Wibke vor einigen Jahren angerichtet hatte. Für das Vorhandensein einer Mutter gab es tausend plausible Gründe.

Holzer steckte die Mutter in die Tasche. Dann ging er in die Richtung, in der Fleuth verschwunden war.

Fleuth stand am anderen Rand der Fichtenschonung. Auch hier verlief eine Brandschneise, in deren Mitte einige Kästen standen. Fleuth beobachtete diese Kästen. Es waren Bienenstöcke, an die er sich nicht näher ran traute. Holzer stellte sich neben ihn und hing seinen Gedanken nach. Sollte es möglich sein, daß die Bienen für das Scheuen der Pferde verantwortlich waren? Holzer konnte es sich fast nicht vorstellen, aber zweifellos lagen die Unglücksorte in der Nähe der Bienenstöcke.

„Na", fragte Fleuth, „bist du jetzt weiter gekommen?"

„Weiß ich noch net", sagte Holzer, „dat wird sich in der nächst Zeit noch herausstelle. Laß uns zurückgehen."

Sie machten sich auf den Weg zum Tannenhof. Auf dem Platz vor dem Haus stand ein Auto mit Koblenzer Kennzeichen. Holzer kam es irgendwie bekannt vor. Sie betraten Jansens Haus über die Terrasse und auf einmal wußte Holzer wem der Wagen gehörte.

Kommissar Rübsam saß mit Jansen auf der Terrasse. Rübsam hatte sich erhoben und begrüßte die beiden freundschaftlich.

Jansen war erstaunt.

„Ihr kennt euch?" fragte er.

„Ja", lachte Rübsam, „ohne die beiden Spezialisten hier, hätten wir die Stasigeschichte im letzten Jahr bestimmt nicht so schnell aufgeklärt."

„Was, die beiden haben daran mitgestrickt, die haben kein Wort davon erzählt. Setzt euch dazu", sagte Jansen und zum Kommissar gewandt, „ ich habe keine Geheimnisse vor den beiden."

Fleuth und Holzer setzten sich. Jansens Frau holte zwei Tassen und goß den beiden Kaffee ein, dann nahm sie ebenfalls Platz.

Kommissar Rübsam war ein junger Mann Mitte zwanzig. Er hatte schütteres, dünnes blondes Haar und trotz seiner noch jungen Jahre, war seine Halbglatze schon recht ausgeprägt. Er war mittelgroß und noch schlank, wobei die ersten Ansätze zu einer volleren Figur nicht zu übersehen waren. Rübsam war nach dem Abitur in den Polizeidienst gegangen, zum einen weil er nicht wußte, was er studieren sollte, zum anderen weil er sich einen abwechslungsreichen, abenteuerlichen Job versprochen hatte. Das mit dem abwechslungsreichen, abenteuerlichen Job hatte er sich schnell von der Backe geputzt. Er hatte sehr bald bemerkt, daß er von Beamten und Dienstvorschriften umgeben war, die jeden Hauch von Abenteuer schon im Keim erstickten. So kam es, daß er trotz seiner kurzen Dienstzeit von seiner Arbeit, die zum großen Teil aus verwaltungsbürokratischen Verrichtungen bestand, recht frustriert war.

Besonders frustrierend fand er die im Polizeiapparat vorhandene Oldtimertechnik und auch die bei großen Teilen seiner Kollegen vorhanden Technikfeindlichkeit. Er hatte immer das Gefühl, als sei ihnen die Gegenseite mindestens drei technische Entwicklungsstufen voraus. Er sah auch nicht, daß der Abstand kleiner wurde , sondern eher das Gegenteil.

Ihn regten auch politische Entscheidungen auf, die von der Bevölkerung kaum wahrgenommen wurden, im Polizeialltag aber immer wieder zu Frustrationen führten. Als leidenschaftlicher Europäer hatte Rübsam den Wegfall der europäischen Grenzen begrüßt, In der Praxis hatte er dann festgestellt, daß die Grenzen für den Normalbürger und die Unterwelt offen waren, nur für sie, für die Polizei galten die Grenzen nach wie vor. Die Unterwelt, so dachte Rübsam manchmal, mußte vor Lachen nicht mehr in den Schlaf kommen. Es bestand kein Zweifel, Rübsam war von seinem Beruf, trotz seiner jungen Jahre, schon recht frustriert. Er war wegen des Reitunfalls mit Todesfolge, wie er sich ausdrückte, hierher beordert worden, versicherte aber sofort, daß das Routine sei und nichts zu bedeuten häbe. Unfälle mit Todesfolge würden immer polizeilich untersucht, das sei nichts Außergewöhnliches.

Jansen hatte Rübsam die Vorfälle der letzten Zeit geschildert und der Kommissar hatte sich Notizen gemacht.

„Eigenartig ist das schon", sagte er, „jahrelang läuft der Reitbetrieb ohne Probleme und dann kommen sie geballt in der Hauptsaison."

„Dat sehn wir genauso, Hauptkommissar", meintte Holzer, „die ganz Sach is net nur faul, die is oberfaul."

„Kommissar bin ich", lachte Rübsam, „immer noch Kommissar, aber was meinst du mit oberfaul, du mußt doch eine Idee haben?"

„Ideen hab ich viel, wie du weißt", sagte Holzer, „aber ob die all wat tauge, dat weiß der Himmel."

„Dann laß uns mal eine von deinen Ideen hören", sagte Rübsam.

Holzer wiederholte das Resümee ihrer morgendlichen Analyse und verschwieg auch die Ereignisse der letzten Jahre nicht. Rübsam pfiff durch die Zähne.

„Warum haben Sie mir das nicht erzählt?" wandte sich Rübsam an Jansen.

„Ich dachte, Sie sind wegen dem toten Mädchen hier und nicht wegen meinem Streß mit den einheimischen Bauern."

„Und das daß eine mit dem anderen vielleicht zusammenhängt, ist Ihnen wohl noch nicht in den Sinn gekommen?"

„Ich kann mir nicht vorstellen, daß da die Bauern dahinterstecken", sagte Jansen.

„Die Bauern mit Sicherheit nicht, aber vielleicht ein Bauer", sagte Holzer.

„Sie meinen den jungen Müller", sagte Rübsam, „daß mit der Eibenvergiftung ist wirklich sehr merkwürdig. Also, meine Herren, der Tod des Mädchens ist nicht zweifelsfrei geklärt, Fremdverschulden kann nicht ausgeschlossen werden, es besteht erheblicher Klärungsbedarf."

Zu Holzer gewandt fragte er: „Meinst du, ich kriege noch ein Zimmer im Hotel Westerwald?"

„Sie können hier wohnen, Herr Kommissar", sagte Jansens Frau, „freie Zimmer haben wir ja genug."

Jansen brachte das Gepäck des Kommissars auf das Zimmer und setzte sich dann wieder zu den anderen an den Tisch.

„Als erstes muß diese Eibengeschichte aufgeklärt werden", sagte Holzer, „die liegt mir schwer im Magen."

„Am besten ist es, du klärst das selber", sagte Rübsam, „ich bin ja wegen des Todesfalls hier und im Augenblick hätte ich Schwierigkeiten, Ermittlungen in der Eibensache zu begründen."

Holzer nickte.

„Ich schau mir den Unfallort noch einmal gründlich an", sagte Rübsam und zu Jansen gewandt fragte er: „ Würden Sie mir den Ort zeigen."

„Von mir aus sofort", sagte Jansen und stand auf.

Sie machten sich auf den Weg. Jansen und Rübsam gingen in Richtung Wald, während Holzer und Fleuth zum Müllerhof gingen. Auf dem Müllerhof waren Vater und Sohn mit Schweißarbeiten an einem Anhänger beschäftigt. Fleuth hatte keine Ahnung, wie sie jetzt weiter vorgehen sollten. Er überließ das Holzer, dem fiel immer zur rechten Zeit das Richtige ein.

„Hallo", grüßte Holzer.

Der alte Müller schaute auf.

„Na, dat is aber ein seltener Besuch", sagte er und gab den beiden die Hand. Der Sohn schweißte währenddessen weiter. Sie gingen um die Ecke, um nicht von dem Lichtbogen geblendet zu werden.

„Wir warn grad auf dem Tannenhof", sagte Holzer.

„Ja, ich hab's gehört", sagte der alte Müller. „Schlimme Sache, erst die Sache mit den Gäul un jetzt noch ein totes Mädchen, ist ein wenig viel auf einmal."

„Ja", sagte Holzer, „dem Jansen spielt mer im Augenblick übel mit, seit heut ermittelt die Kribbo. Die glaubt dat Fremdverschulde vorliegt, euer Name is im Zusammehang mit der Eibevergiftung auch gefalle. Ich glaub der Kommissar wird bald bei euch aufkreuze."

„Wat ham mir denn damit zu tun?" fragte Müller. „Glaubt der wirklich mir hätte dem Jansen sei Gäul vergiftet?"

Holzer zuckte die Schultern.

„Ihr seid die einzigen, die Eibe ham und die sich mit Eibe auskennen, da dürft ihr euch net wundern, wenn wenn man sich für euch interessiert, zumal dein Bub erst vor kurzem en Eib rausgemacht hat. Die Polizei wird sicher wisse wolle, wo der Baum gebliebe is."

Müller rief nach seinem Sohn.

„Die Polizei ermittelt geche uns wegen der Eib, die hast du doch irgendwo in de Wald gesetzt, net wahr, da gibt et sogar en Zeuche für", sagte der alte Müller.

„Ja", sagte der junge Müller, „ich hab zwei Tage, bevor dem Jansen sei Gäul vergiftet worde sin, die Eibe in den Wald gefahren und dort eingepflanzt."

„Wo genau haste denn die Eibe eingepflanzt?" fragte Holzer.

„Auf der Lichtung hinner dem Wasserhaus", sagte Müller junior, „weißte, wo ich meine?"

Holzer nickte.

„Ich glaube aber net, daß die anwächst, ich war e paar Tach später noch mal da und wollt se gieße, aber da hat die schon braune Nadeln, obwohl ich se gut gegosse hat. Irgendwie hat ich auch dat Gefühl, dat sich da e Tier dran zu schaffe gemacht hat, " sagte der junge Müller.

„Na dat wird ihm net gut bekomme sein", sagte der alte Müller.

„Na, da seid ihr doch aus dem Schneider", sagte Fleuth, „die Stelle ist doch gut sechs - bis siebenhundert Meter vom Jansen seiner Koppel weg."

„Der Kommissar soll nur komme, dem kann isch jederzeit zeiche, wo unser Eib steht. Wollt ihr auf'n Kaffee mit rein komme?" fragte der alte Müller. Noch bevor Fleuth sich äußern konnte, nahm Holzer die Einladung an. Sie gingen in die Küche und der alte Müller kochte Kaffee. Seine Frau sei mit dem Landfrauenbund unterwegs, sagte er entschuldigend. Als der Kaffee serviert war, fragte Holzer unverfänglich nach dem Reit – und Fahrverein. Die beiden Müllers schauten sich an und grinsten.

„Hat die Geschicht auch schon die Runde gemacht, dabei wollt der Boller doch net, daß da drüber geschwätzt wird", sagte der junge Müller. „Aber mir soll dat egal sein, ich hab nix zu verbergen. Der Melchior übernimmt die Gäul vom Reit und Fahrverein und mir kaufe dem sei Milchkontingent. So is uns allen gedient, vor allem dem Melchior, der hat dann kei Last mehr mit dem Milchvieh und die paar Gäul macht der doch mit links."

„Un der Jansen, der bleibt dabei auf der Strecke", sagte Holzer.

„Ich bitte dich, Holzer, wat geht uns der Jansen an, dat is keiner von uns. Im Gechenteil, der hat sich in Sache reingemengt, die ihn nix angehen, watt hat der uns dat Pachtland wegzunehmen?"
Holzer lachte.

„Komm, jetzt hau mal net so auf de Putz", sagte er. „Ihr habt jahrelang dat Land ohne zu frage und ohne Pachtverträg bewirtschaftet und ärgert euch jetzt darüber, dat da einer gekommen ist un genau dat annerst gemacht hat."

„Da hat er recht", sagte der alte Müller.

„Halt du auch noch bei den", sagte der junge Müller, „der Jansen hat sich mit uns angelegt un kann jetzt net erwarte, daß mir Rücksicht auf ihn nehme."

„Eins tät mich mal interessieren", sagte Holzer, „wie habt ihr den Boller dazu gekriegt, daß er dem Jansen den Vertrag kündigt und mit dem gesamten Reit – und Fahrverein zum Melchior geht?"

„Mir ham den überhaupt net dazu gekriegt, da is der von ganz allein drauf gekomme", sagte Müller junior.

Holzer und Fleuth sahen sich erstaunt an.

„Dann is das also Zufall, daß ihr dem Melchior sein Milchkontingent übernehmt, damit er die Gäul vom Reit - und Fahrverein einstellen kann", fragte Holzer.

„Vor einer Woch is der Melchior gekomme un hat mir sei Milchkontingent angeboten. Er hat dann erzählt, dat der Reit – und Fahrverein sei Gäul bei ihm einstelle will und dat ihm das sehr recht ist, weil er die ganz Milchwirtschaft, seit sei Frau krank is, allein nicht mehr schafft. Mer sollte vorläufig net darüber schwätze, hat er gesacht. Mehr wisse mir auch net."

Das Gespräch nahm jetzt mehr eine allgemeine Wendung. Holzer und Fleuth verabschiedeten sich dann auch bald und gingen in Richtung Stadt.

„Das war ja sehr informativ", bemerkte Fleuth auf dem Rückweg.

„Mit der Eibe ham wir ja nix Neues erfahrn, dat die da auf der Lichtung sitzt, dat wußten wir ja, entlastet is der Müller damit nicht", sagte Holzer, „der kann trotzdem die Eib an den Zaun gesetzt haben."

„Was ist denn mit dem Zeugen?" fragte Fleuth. „Der alte Müller sagte doch, daß es einen Zeugen gäbe, wieso hast du eigentlich nicht danach gefragt?"

„Welchen Zeugen, ich weiß nix von einem Zeugen, ich hab auch nix gehört von einem Zeugen, bis du denn ganz sicher?"

„Ganz sicher", sagte Fleuth, „ der alte Müller hat gesagt, daß es für die Umpflanzaktion einen Zeugen gibt. Ich hab mich schon gewundert, warum du nicht danach gefragt hast, ich habe dann gedacht, du verfolgst eine bestimmte Absicht damit."

Holzer war stehengeblieben.

„Ich geh zurück und frag nach dem Zeugen."

Holzer ging zurück. Die beiden Müllers staunten nicht wenig als Holzer wieder auftauchte. Er erklärte, daß er den Kommissar morgen sehen werde, dann könnte er ihm die Geschichte mit der Eibe erzählen, aber er bräuchte den Namen des Zeugen. Vermutlich sei dann ein Besuch des Kommissars überflüssig. Holzer erfuhr, daß besagter

Zeuge, den jungen Müller im Wald getroffen hatte, als dieser mit dem Trecker, die Eibe auf der Ackerschiene befestigt, einen Standplatz suchte. Das war zwei Tage, bevor Jansens Gäule vergiftet wurden. Er kannte den Zeugen nicht, konnte ihn aber sehr gut beschreiben. Der Zeuge hatte ihm dann die kleine Lichtung empfohlen und ihn dann dort hingeführt. Müller hatte die Eibe eingepflanzt. Sie hatten sich dann noch eine Weile über Eiben im allgemeinen und deren Giftigkeit im speziellen unterhalten und waren dann ihre Wege gegangen.

Holzer hatte ein Glitzern in den Augen als er zu Fleuth zurückkehrte.

7.Kapitel

Jansen hatte Kommissar Rübsam zum Unglücksort geführt. Während ihres gemeinsamen Weges hatte Jansen den Kommissar über die Einzelheiten seines Konfliktes mit den ortsansässigen Bauern informiert.
Rübsam schüttelte nur den Kopf, als er die teils abenteuerlichen Geschichten hörte, die Jansen widerfahren waren. Er erinnerte sich an seinen Vorgesetzten, Kommissar Dreck, der pflegte immer zu sagen: „Bei Gott, bei den Amerikanern und im Westerwald ist nichts unmöglich."
Langsam verstand er den Spruch.
Sie hatten die Unfallstelle erreicht. Rübsam sah sich um und untersuchte genau wie Holzer den Boden. Auch er konnte nichts feststellen. Er ging in immer größer werdenden Kreisen um den Unfallort. Als er das Ende, der von der Hauptschneise abgehenden kleinen Nebenschneise erreicht hatte, drang er dort in die Fichtenschonung ein. Er bückte sich etwas und hob die Äste dabei über seinen Kopf. Sein Blick war dabei auf den mit Nadeln bedeckten Waldboden gerichtet. Plötzlich stutzte er, auf dem Waldboden blinkte etwas Silbernes. Es war eine Mutter, von der gleichen Art wie sie Holzer gefunden hatte. Nachdenklich steckte er sie in seine Tasche. Nach einiger Zeit entdeckte er auch die Bienenstöcke, hielt aber genau wie Fleuth und Holzer einen respektvollen Abstand ein. Auch ihm kam der Gedanke, daß die Bienen für das Scheuen der Pferde verantwortlich sein könnten.
   Als sie wieder auf der Hauptschneise standen, sahen sie einen Mann die Schneise entlang kommen. Er war von

kleiner Statue und trug trotz der sommerlich, hohen Temperaturen, den Rock und den Hut eines Jägers. Der riesige Gamsbart am Hut und die mit teuren Stickereien versehene Jacke, verliehen, der an sich schon merkwürdigen Gestalt, ein geckenhaftes Aussehen. Man hatte den Eindruck, als sei die seltsame Figur gerade dem Bühnenbild einer Operette entstiegen. Alles an dieser Figur wirkte irgendwie lächerlich und albern. Das Gewehr, das er geschultert hatte, wirkte an der kleinen Gestalt wie ein riesiger Vorderlader aus dem letzten Jahrhundert, der Dolch an seinem Gürtel hatte, bezogen auf seine Körpergröße, die Wirkung eines Schleppsäbels. Rübsam und Jansen mußten unwillkürlich grinsen.

„Was machen Sie hier? Verlassen Sie sofort den Wald und begeben Sie sich auf die Wege", herrschte er die beiden an.

Jansen und Rübsam schauten sich an und lachten.

Der kleine, seltsame Mann wurde rot bis zu den Haarwurzeln.

Dann brüllte er los: „ Sie wissen wohl nicht wer ich bin. Ich bin hier der Jagdpächter und mir obliegt der Jagdschutz in diesem Revier. Ich habe polizeiliche Befugnisse. Ich möchte sofort Ihre Ausweise sehen."

Der Mann machte Anstalten das Gewehr von der Schulter zu nehmen.

Rübsam hatte blitzschnell seine Pistole gezogen. Er war jetzt sehr ernst geworden.

„Ich bin Kommissar Rübsam von der Kripo Koblenz. Legen Sie das Gewehr ganz vorsichtig auf den Boden", donnerte er den Mann an.

Sichtlich eingeschüchtert zog der Mann das Gewehr von der Schulter und ließ es vorsichtig zu Boden gleiten.

„Und jetzt drei Schritte zurück und Ihren Ausweis", sagte Rübsam.

Der Mann ging drei Schritte zurück und holte seinen Ausweis aus der Tasche. Rübsam nahm den Ausweis und sagte: „Sie heißen Eisenbrey und sind der Pächter des Jagdreviers?"

„Ja, ich heiße Eisenbrey und mir gehört das Jagdrevier."

Rübsam sah Jansen an und fragte: „Kennen Sie den Mann?"

„Nur vom Namen her, Herr Kommissar, aber eins weiß ich genau, dieser Mann ist nicht der Pächter dieses Jagdreviers. Der Pächter ist ein gewisser Zacharias, er ist mir persönlich bekannt."

„Der Zacharias ist mein Angestellter, in seinem Auftrag nehme ich hier die Belange des Jagdschutzes wahr", sagte Eisenbrey, „und jetzt belästigen sie mich nicht weiter."

Er machte Anstalten sich nach seiner Büchse zu bücken.

„Hände weg", donnerte Rübsam ihn an, „sonst nehme ich Sie vorläufig fest."

„Herr Kommissar, ich mache sie darauf aufmerksam, daß ich hier im Revier polizeiliche Befugnisse habe."

„Man Sie ticken wohl nicht richtig!" herrschte Rübsam ihn an. „Sie geben sich hier als Jagdpächter aus, dann stellt sich heraus, daß einer Ihrer Angestellten das Jagdrecht hat und dann versuchen Sie mir weiszumachen, daß Ihr Angestellter, Sie, seinem Chef, mit der Wahrung des Jagdschutzes betraut hat. Mann, für wie blöd halten Sie mich eigentlich. Zeigen sie mir bitte sofort ihre Jagderlaubnis und die Bestätigung der Forstbehörde über Ihre Bestellung zum Jagdaufseher."

„Habe ich heute zufällig nicht dabei", sagte Eisenbrey verlegen.

„Gut", sagte Rübsam, „das Gewehr ist beschlagnahmt. Sie melden sich morgen früh um 9°° Uhr auf der Polizeistation Westerburg. Ich mache Sie darauf aufmerksam, daß dies eine Vorladung ist und jetzt verschwinden Sie."

Eisenbrey drehte sich um und ging weg.

„Herr Eisenbrey", rief Rübsam ihm hinterher, „denken Sie bitte an die Papiere, Sie wissen schon."

Jansen und Rübsam machten sich auf den Heimweg.

„Arrogantes Arschloch, dieser grüne Hansel", sagte Jansen, „tut so, als würde der Wald ihm gehören. Aber dem haben Sie es tüchtig gegeben. Man sah richtig, daß der es nicht gewöhnt war, daß jemand in diesem Ton mit ihm spricht."

„So was hab ich auch noch nicht erlebt", sagte Rübsam, und leise vor sich hin murmelnd: „Wie schon Kommissar Dreck immer sagte:" Bei Gott, den Amerikanern und im Westerwald ist nichts unmöglich."

„Was sagten sie Kommissar?"

„Ach nichts."

Am nächsten Morgen fuhr Rübsam zur Polizeistation Westerburg. Eisenbrey kreuzte mit seinem Rechtsanwalt auf. Er war an diesem Morgen sehr kleinlaut. Offensichtlich hatte der Rechtsanwalt ihn eingenordet. Außer einem gültigen Jagdschein konnte er nichts vorweisen. Es wurde ein Protokoll über die gestrigen Ereignisse angefertigt. Eisenbrey erhielt eine mündliche Verwarnung und durfte dann sein Gewehr abholen.

Danach war Rübsam mit Fleuth und Holzer in Fleuths Garten verabredet. Sie wollten Informationen austauschen und gegen Mittag grillen. Jansen konnte nicht dabei sein, da durch die Ereignisse viel Arbeit auf dem Hof liegengeblieben war, die dringend erledigt werden mußte. Fleuth und Holzer waren schon da, als Rübsam eintraf. Fleuth kochte auf einem kleinen Benzinkocher Kaffee. Es war ein wunderschöner Vormittag. Rübsam genoß es im Schatten zu sitzen und den Blick durch Fleuths einzigartigen Garten schweifen zu lassen. Er hatte die Schuhe ausgezogen und wunderte sich über Fleuth, der bei diesem Wetter lediglich den Krawattenknoten gelockert hatte. Sie waren halt schon etwas merkwürdig, die beiden alten Kerle.

Rübsam berichtete von seinem gestrigen Zusammenstoß mit Eisenbrey und der heutigen Vorladung auf das Polizeirevier. Holzer amüsierte sich köstlich, daß dieser arrogante Hansel eins drüber gekriegt hatte, wie er sich ausdrückte. Selbst der sonst eher zurückhaltende Fleuth äußerte sich wohlwollend über Rübsams Aktion. Ansonsten war, ermittlungstechnisch, bei Rübsam fast nichts herausgekommen.

Dann war es an Holzer Bericht zu erstatten. Er hatte, nachdem er gestern noch einmal bei den Müllers gewesen war, Fleuth gegenüber nur von einem ominösen Zeugen gesprochen, der den Müller beim Eingraben der Eibe gesehen hatte. Die Identität dieses Zeugen, so hatte Holzer seinen Freund Fleuth unterrichtet, sei unbekannt und wahrscheinlich nicht mehr zu ermitteln.

Das stimmte nicht ganz. Holzer hatte von Müller eine recht gute Beschreibung erhalten, die ihn sofort an eine bestimmte Person denken ließ. Das Auftauchen dieser Person begründete einen solch ungeheuren Verdacht in ihm, daß er es für besser hielt, diesen erst einmal für sich zu behalten. Wenn das zutraf, was die beiden Müllers erzählten - und Holzer ging davon aus, daß sie die Wahrheit sagten, - dann hatten sie bisher in die ganz falsche Richtung ermittelt. Dann wurde hier ein ganz anderes Spiel gespielt, ein Spiel, in dem wie beim Schachspiel die Bauern eben nur die Bauern waren, während die Fäden von jemand anderem gezogen wurden.

Holzer hatte gestern lange in seinem Sessel gesessen und überlegt, ob er seinen Verdacht weitergeben sollte. Er hatte sich entschieden noch zu warten, erst mußten bestimmte Dinge überprüft werden.

Er erzählte genau das, was er schon Fleuth erzählt hatte. Fleuth hatte sich schon Gedanken gemacht und schlug vor den unbekannten Mann über die Zeitung suchen zu lassen. Rübsam winkte ab, wenn es ein Einheimischer gewesen wäre, dann hätte der Müller ihn gekannt, offensichtlich war es ein Wanderer, der wer weiß woher kam und der vielleicht jetzt schon längst wieder zu Hause war. Die Wahrscheinlichkeit, daß er die heimische Zeitung laß, war recht klein.

Holzer schlug vor, sich einmal den Boller näher anzusehen, der irgendwie in das Komplott gegen Jansen verwickelt schien.

„Der Schmidt kommt heute aus dem Urlaub zurück", sagte Fleuth.

Rübsam schaute ihn überrascht an und fragte: „Wer zum Teufel ist denn das schon wieder?"

Fleuth klärte ihn über den Reit- und Fahrverein und deren Vorstand auf. Rübsam meinte, daß die Entscheidung des Reit – und Fahrvereins wohl kaum etwas mit dem Todesfall zu tun haben könnte, vielmehr sei der Todesfall doch erst der Anlaß für den Wechsel des Pferdewirtes gewesen. Holzer sah das anders, sagte aber vorläufig nichts. Gegen Mittag entzündete Fleuth den Grill, es mußte sehr heiß sein, denn Fleuth hatte die Krawatte abgelegt. Fleuth war ein außergewöhnlicher Grillmeister, er zauberte die exotischsten Saucen in seiner Hütte. Zur Feier des Tages hatte er ein altes Gemüse zubereitet, das weder Holzer noch Rübsam kannten, es gab Teltower Rübchen.

Nach dem Essen hatte Fleuth noch einen starken Espresso gebraut. Der alleine war nicht in der Lage, der aufkommenden Müdigkeit Herr zu werden. Innerhalb kürzester Zeit lagen alle drei unter den Bäumen und hielten ein kleines Schläfchen.

Rübsam wurde als erster wach. Er ging in den Garten und schaute sich Fleuths Gewächse an. Er verstand nichts von Gärten, doch dieser gefiel ihm. Es schien, als würden die vielen Pflanzen hier rein zufällig wachsen. Blumen standen neben Gemüsepflanzen, der Salat wuchs zwischen Kohlköpfen. Jedem konventionellen Kleingärtner hätten wahrscheinlich die Haare zu Berge gestanden bei dieser scheinbaren Unordnung.

Rübsam hatte die Hände in den Hosentaschen. Er spürte die kleine Mutter, die er gestern im Wald gefunden hatte. Während er durch den Garten ging rollte er die Mutter zwischen den Fingern. Die beiden anderen kamen auch langsam zu sich. Rübsam setzt sich an den Tisch. Holzer und Fleuth setzten sich dazu. Fleuth bot Kaffee an. Plötzlich fingen Holzers Augen an zu glitzern. Vor Rübsam lag eine kleine, silberne Mutter auf dem Tisch. Holzer nahm sie und betrachtete sie.

„Woher stammt die?" fragte er.

„Hab ich gestern im Wald gefunden", sagte Rübsam.

„Wo genau?" fragte Holzer, seine Erregung mühsam niederkämpfend. Rübsam beschrieb ihm die Stelle so genau wie möglich. Holzer war aufgestanden und lief im Garten umher.

„Was hat er denn?" fragte Rübsam.

„Der geht mit irgendwas schwanger, ich werde das Gefühl nicht los, daß die Geburt kurz bevorsteht."

Holzer war sich nicht sicher, der Nebel begann sich nur langsam zu lichten, noch war sehr vieles unklar, aber bestimmte Konturen begannen sich abzuzeichnen. Er ging zum Tisch zurück und fragte:

„Kann isch ma dein Handy haben?"

Rübsam reichte Holzer sein Handy. Rübsam blätterte in einem alten, zerfledderten Notizbuch und wählte eine Nummer, dann ging er, mit der Rechten das Handy ans Ohr haltend, mit der Linken gestikulierend, langsam durch den Garten.

„Wen wird denn der anrufen?" fragte Rübsam.

„Wahrscheinlich den Schmidt oder den Groß vom Reit - und Fahrverein, die kommen heute aus dem Urlaub zurück", sagte Fleuth.

Nach einer Weile kam Holzer zurück und legte das Handy auf den Tisch.

„Isch hab den Schmidt angerufen, der is vor einer Stund aus dem Urlaub gekomme. Ich hab dem erzählt, was hier so gelaufe is und wat der Boller veranstaltet hat. Der is aus alle Wolke gefalle, richtig aufgeregt hat der sich, er wird sich drum kümmern, hat er gesacht, so ging dat nicht."

„Da bin ich mal gespannt", sagte Fleuth, „Ich glaube nicht, daß die das noch rückgängig machen können, schließlich haben die mit dem Melchior einen Vertrag gemacht und da kommen die nicht so ohne weiteres raus."

„Dat seh ich auch so, aber die wern dem Boller jetzt ganz schön die Höll heiß mache."

„Was machen wir jetzt", fragte Fleuth, „wie gehen wir weiter vor? Ich habe gesehen, daß du mit irgendwas schwanger gehst, willst du uns nicht einweihen?"

„Die Zeit ist noch net reif", sagte Holzer, „ich habe Anhaltspunkte, die in en ganz anner Richtung gehen, aber es sind eben nur Anhaltspunkte, deshalb will ich euch net beeinflussen, et kann sein, dat ich mich total verrenn. Ich

muß noch eh paar Sache in Erfahrung bringe und aus-
probieren "

„Wann willst du das denn machen?", fragte Fleuth.

„Am besten direkt morgen früh", sagte Holzer.

„Ich kann morgens nicht, erst um die Mittagszeit habe
ich frei", sagte Fleuth. „Wolln wir uns nicht irgendwo treffen?"

„Gute Idee", sagte Holzer, „Morgen gegen 12°° Uhr im
Gasthof Ludwig."

„Ich komme am besten morgen mit dir", sagte Rübsam,
„ ich habe nämlich keine Ahnung, was ich machen soll,
die ganze Geschichte ist doch reichlich verworren."

„Gut Kommissar, isch hol disch um 8°° Uhr ab, dann
wern mir sehn, ob an meinen Mutmaßungen was dran
ist."

Sie verabschiedeten sich und gingen ihrer Wege.

Am nächsten Morgen war Holzer pünktlich auf dem Tannenhof. Rübsam war noch beim Frühstück. Holzer setzte
sich auf eine Tasse Kaffee dazu. Als Jansen den Früh-
stücksraum betrat, bat Holzer ihn, ihm das Pferd zu zeigen, von dem der Todessturz erfolgt war. Jansen führte
ihn in den Stall und dann zu einer Box, in der eine schöne
Stute stand.

„Das ist Trixi", sagte er, „sie ist eigentlich lammfromm.
Irgend etwas muß sie sehr erschreckt haben, wenn man
nur wüßte, was?"

Holzer redete beruhigend auf das Tier ein und betrat die
Box. Er betrachtete die Stute genau. Wenn seine Annah-
me stimmte, dann mußte auf der rechten Hinterhand, eine
punktförmige Verletzung sein. Holzers Augen begannen
zu leuchten. Da war die punktförmige Verletzung. Sie war
schon etwas verschorft, aber immer noch deutlich zu sehen. Er trat aus der Box und schloß die Tür hinter sich.

„Hast du gesehen, was du sehen wolltest" fragte Jansen.

„Ja und nein", sagte Holzer, „ich habe gesehen was ich
erwartet hatte, ob ich das unbedingt sehen wollte ist eine

ganz andere Frage. Wahrscheinlich wäre mir lieber gewesen, ich hätte es nicht gesehen."

Mit dieser philosophischen Antwort ließ er Jansen stehen. Rübsam hatte das Frühstück inzwischen beendet und machte sich abmarschbereit. Als sie auf dem Hof waren, sprach Jansen sie an: „Nun laßt mich doch nicht doof sterben, was sollte das eben und was habt ihr jetzt vor?"

„Ich habe keine Ahnung", sagte Rübsam, „ Holzer ermittelt auf eigene Faust, mich weiht er auch nicht ein in sein seltsames Treiben."

„Werdet es noch früh genug erfahren", knurrte Holzer und marschierte los. An einem Gebüsch, das auf Jansens Koppel stand, machte er halt und zog sein Messer. Dann schnitt er eine daumendicke Astgabel ab und kerbte sie an den Gabelenden etwas ein. Sie verließen die Koppel und gingen den Weg, der am Koppelzaun entlang verlief. In einiger Entfernung stand ein Pferd in der Nähe des Zaunes. Holzer näherte sich dem Pferd bis auf zwanzig Meter. Dann griff er in seinen Brotbeutel und brachte zwei Einmachgummis, an die ein Lederstück befestigt war zum Vorschein. Die beiden anderen Enden der Gummis hatte er zu zwei Schlaufen zusammengebunden. Diese beiden Schlaufen zog er jetzt über die beiden Enden der Astgabel, bis sie fest in den Kerben saßen. Rübsam dämmerte so langsam, was Holzer da trieb. Er baute eine Steinschleuder. Er griff in seine Tasche und brachte eine Kunststoffkugel mit ca. 1cm Durchmesser zum Vorschein. Er legte die Kunststoffkugel in das Leder, spannte die Schleuder halb und schoß, ehe Rübsam ihn hindern konnte, auf das Pferd. Das Pferd machte einen Satz nach vorn und galoppierte davon.

„Was soll das denn", rief Rübsam, „bist du jetzt übergeschnappt?"

„Komm mit, ich zeig dir was", sagte Holzer und ging auf die Brandschneise zu, auf der das Mädchen zu Tode gekommen war. Er bog in die kleine Seitenschneise ein und drang an der gleichen Stelle in die Schonung ein, an der Rübsam einen Tag vorher eingedrungen war. Als

beide in der Schonung standen, sagte Holzer: „Ich wette, daß du die Mutter hier auf dem Boden gefunden hast."
Rübsam sah ihn an und nickte.

„Dann weißt du ja jetzt, wie das Pferd zum Scheuen gebracht worden ist", sagte Holzer.

„Du meinst, irgend jemand hat mit einer Steinschleuder auf das Pferd geschossen?" fragte Rübsam.
Holzer nickte, dann brachte er die Steinschleuder hervor, mit der anderen Hand suchte er die Mutter. Beides zusammen zeigte er Rübsam.

„Unser Freund hat hier in der Schonung gestanden und auf die Reiter gewartet. Als sie an der Schneise vorbeiritten, hat er mit der Schleuder die Mutter auf die Hinterhand des Pferdes geschossen. Den Rest kennst du."
Rübsam pfiff durch die Zähne und fragte: „Aber weshalb hat er denn Muttern genommen, es gibt doch genug Steine hier, und warum liegt die Mutter hier im Wald?"

„Ganz einfach", sagte Holzer, „die Treffsicherheit ist größer. Steine ham immer unterschiedliche Forme und Gewicht, manchmal fliege die sogar en Boche. Muttern dageche sin immer gleich, die Treffsicherheit ist bedeutend größer. Ich bin überzeucht, dat wenn wir zu der Stell gehen, wo dat anner Mädchen gestürzt ist, un mir lang genuch suche, dat mir dann noch en Mutter finde. Un um uff den zweite Teil deiner Frach zu komme, warum die eine Mutter hier im Wald lag und net da wo dat Mädche gestürzt is: der hatt hier gestande um zu schieße und dabei hat der die Mutter verlorn, so einfach ist dat. "
Die Stelle, an der das andere Mädchen gestürzt war, war etwa fünfzig Meter weiter, auf der gleichen Schneisse und zwar genau da, wo die nächste Querschneise ungefähr zehn Meter in die Schonung hineinging. Holzer deutete auf den Rand der Schonung am Ende der Schneise.

„Von da hat er geschosse und hier wo mir stehe is dat Mädchen gestürzt."
Sie suchten den Boden ab. Nach einer Weile, Rübsam hatte schon aufgeben wollen, hatten sie die Mutter gefunden. Rübsam meinte, daß das wohl eindeutig sei.

„Wer hat geschossen?", fragte er.

Holzer ließ die Frage im Raum stehen.

„In ner Stund is Mittag, mir müsse uns auf den Weg machen, wenn mer den Fleuth net warte lasse wolle."

Sie waren noch vor Fleuth in der Gaststätte und hatten sich ein Bier bestellt. Mit dem Bier traf auch Fleuth ein. Holzer klärte ihn über ihre Erkenntnisse auf.

„Donnerlittchen, dann war das ja Mord", sagte er.

„Mord nicht", sagte Rübsam, „zum Mord gehört der Vorsatz und den kann ich hier nicht erkennen, aber schwere Körperverletzung mit Todesfolge ist es allemal. Das Gute daran ist, daß ich noch ein paar Tage hierbleiben kann. Meine Arbeit geht jetzt erst los, hier liegt ganz klar ein Fremdverschulden vor. Vielleicht kommt Hauptkommissar Dreck, sein Urlaub ist bald zu Ende."

„Die Frage ist nur: wer war's?" sagte Fleuth. „Das alles geht gegen Jansen, wir müssen uns fragen, wer den Jansen so haßt, daß er Anschläge auf seine Pferde und Reiter durchführt und dabei schwere bis tödliche Verletzungen bei Menschen in Kauf nimmt. Das ist im Leben nicht der Müller, dem seine Sache sind vielleicht brennende Feldscheunen aber Pferde und Menschen umbringen, im Leben nicht."

„Das alles ist unendlich konfus, es ist, als wären hier einige Täter gleichzeitig zugange", sagte Rübsam. „Da gibt es Pferde mit einer Taxlnverglftung, kurze Zeit später wird ein Pferd bestialisch mit dem Messer ermordet, daß paßt doch alles nicht. Warum macht sich der Müller die Mühe und verpflanzt Eiben, wenn er ein paar Tage später ein Pferd mit dem Messer umbringt? Fleuth, du hast recht, wenn man mehrere Täter zu Grunde legt, dann kommt Sinn rein."

„Na ja", sagte Holzer, „nehmen wir mal an, hier gibt et nur ein Haupttäter, dem einfach nur der Pferderipper in die Quer gekommen ist, schon is die Verwirrung komplett."

Sie ließen sich die Karte bringen und bestellten. Rübsam hatte seine Vorurteile gegen die bürgerliche Küche schon im letzten Jahr weitgehend abgelegt und schlug wacker zu. Holzer und Fleuth ließen sich auch nicht lumpen, schließlich war heute Schlachttag.

Nachdem der Wirt den Kaffee gebracht hatte, beredeten sie ihre weitere Vorgehensweise. Ein wichtiger Punkt, der aus Holzers Sicht unbedingt geklärt werden mußte, waren die Vorgänge im Reit - und Fahrverein. Warum hatte Boller just in dem Augenblick, als Jansen bis zum Hals in Schwierigkeiten steckte, den Vertrag gekündigt? Hatte ihn jemand angestiftet und wenn ja, wer? Wer bezahlte die Stellplätze bei Melchior, die Kosten waren beträchtlich höher als bei Jansen

Diese Fragen bedurften der dringenden Klärung.

Da Rübsam im Falle des tödlich verunglückten Kindes einen begründeten Verdacht auf Fremdverschulden hatte, konnte er offiziell bei Boller aufkreuzen und ihn befragen. Weder ein Fleuth und schon gar nicht ein Holzer hatten bei Boller die geringste Aussicht, irgend etwas in Erfahrung zu bringen. Boller war viel zu arrogant, als daß er sich herabgelassen hätte, einem Stadtbediensteten und einem ehemaligen Waldarbeiter Rede und Antwort zu stehen. Rübsam war da schon richtig, der hatte die Autorität der Kripo im Rücken.

Fleuth und Holzer wollten deshalb zu Schmidt gehen, um dort etwas über den Stand der Dinge zu erfahren. Rübsam machte sich auf den Weg zu Boller.

Holzer und Fleuth warteten noch eine Weile, da sie wußten, daß Schmidt einen ausgiebigen Mittagsschlaf zu halten pflegte. Nach einer Stunde machten sie sich auf den Weg. Fleuth öffnete das quietschende Gartentor zum Grundstück der Schmidts. Der Vorhang hinter einem der Fenster hatte sich kurz bewegt. Holzer war das nicht entgangen. Sie klingelten. Nach einer Weile öffnete Frau Schmidt. Ihr Mann sei nicht zu Hause, er sei mit dem Hund unterwegs, antwortete sie auf Holzers Frage. Holzer und Fleuth verabschiedeten sich und gingen den Weg, den sie gekommen waren, wieder zurück. Als sie außer Sichtweite waren, bog Holzer links in einen Feldweg ab. Er führte hinter dem Haus der Schmidts vorbei in den Wald. Zuerst dachte Fleuth, daß sie Schmidt suchen wollten, dem war aber nicht so, denn Holzer näherte sich vorsichtig dem Schmidtchen Grundstück.

Der Garten hinter Schmidts Haus war mit einer dichten Hecke umwachsen. Holzer suchte eine lichte Stelle und spähte durch die Hecke. Er winkte Fleuth herbei. Fleuth schaute durch die Hecke und sah zu seinem Erstaunen Boller und Schmidt an einem Kaffeetisch sitzen. Boller war soeben aufgestanden und verabschiedete sich freundschaftlich per Handschlag von Schmidt. Holzer konnte gerade noch hören, wie Boller zu Schmidt sagte: „Und noch mal, nichts für ungut, ungewöhnliche Umstände erfordern ungewöhnliche Maßnahmen."

Dann ging Boller.

„Haste das gesehen?" fragte Holzer. „Die beiden sitzen da bei Kaffee und Kuchen und uns erzählt man, der sei mit dem Hund weg. Dat sieht aus, alls wärn die richtich am kungeln."

Rübsam schob das Gebüsch zur Seite und rief: „Hallo, da bist du ja!"

Schmidt war verlegen, als er Holzer sah. Er stand auf und ging auf die Hecke zu.

„Bin gerade nach Hause gekommen, ich war mit dem Hund weg", sagte er verlegen.

„Ja, ja", sagte Holzer, „wat is denn nu mit dem gekündigte Vertrach, habt ihr den rückgängig gemacht?"

„Das ist nicht so einfach, der Boller hat dem Jansen fristgerecht gekündigt und der neue Vertrag mit dem Melchior ist rechtskräftig, da kommen wir wohl kaum raus", sagte Schmidt und kratzte sich am Kopf. „Der Boller hat ganz schön Druck gekriegt, so etwas einfach eigenmächtig zu machen. Das wird im Verein noch ein Nachspiel haben, das kannste glauben."

Holzer lachte.

„Dat einzige, wat der von dir gekricht hat, is Kaffee und Kuche, während mir von deiner Frau abgewiesen wurden. Auf dat Nachspiel im Verein bin ich gespannt, vielleicht verläuft dat anners, als du dir dat vorgestellt hast."

Holzer wandte sich zum Gehen.

„Wie meinst du denn das?" fragte Schmidt.

„Ei genauso wie ich es dir gesacht hab, ich werde bei dem Nachspiel ein wenig mitmachen, ich werd mal mit einige Vereinsmitglieder schwätze. Die werden dann im Verein schon die richtige Frage stelle, zum Beispiel, warum das Vorstandsmitglied Schmidt gestern noch regelrecht empört über den Wechsel des Pferdewirtes war un heut wie ausgewechselt is. Ich werd auch frage, warum mer den Jansen, der bei nahezu allen Mitgliedern sehr beliebt war, einfach hänge gelasse wird."

„Da ist er selber schuld", sagte Schmidt. „Wenn bei dem die Pferde massakriert werden und die Leute zu Tode kommen, dann ist der für unseren Verein nicht mehr tragbar, und im übrigen ist er ein Zugezogener. Wir sind der Meinung daß den einheimischen Bauern der Vorzug gegeben werden sollte."

„Auf einmal", sagte Holzer, „ich kann mich noch recht gut erinnern, dat ihr damals ganz froh ward, daß ihr euer Gäul beim Jansen unterstelle konnt, weil se sonst niemand habbe wollt. Aber lasse mer das, isch krieg schon raus, was da de hinner steckt, da kannste dich druff verlasse."

Holzer drehte sich um und ging. Fleuth folgte ihm. Zurück blieb ein betroffen blickender Schmidt. Er ging ins Haus und rief Boller an.

„So einfach, wie du dir das gedacht hast, ist die Sache nicht", sagte er „Gerade war der Holzer hier, der hat mir angekündigt, daß er sich der Sache annehmen will, das war eine richtige Drohung."

„Na und", sagte Boller, „was gehen den Holzer unsere Vereinsinterna an? Überhaupt wer ist das schon, der Holzer! Ein versoffener hergelaufener, ehemaliger Waldarbeiter, und der soll uns Schwierigkeiten machen, das glaubst du doch selber nicht!"

„Unterschätze den Holzer nicht, das ist ein ganz ausgekochter Fuchs! Denk dran wie der damals den Liter mit seinen Stasiverwicklungen, zur Strecke gebracht hat", sagte Schmidt. „Ich weiß, daß du das nicht gerne hörst, denn immerhin war der Liter dein Freund. Von dem hast du ja immer in den höchsten Tönen geschwärmt und jetzt sitzt er im Knast."

„Ach, hör auf mit dem Liter, der ist für mich gestorben, Stasiagent, wo gibt's denn so was!"

„Ich meine nur, wir sollten den Holzer nicht unterschätzen, der ist imstande und macht einen ganz schönen Wirbel", sagte Schmidt,

„Vielleicht sollten wir dem Verein gegenüber sagen, daß wir einen Sponsor haben, der geheim bleiben will und der zur Bedingung macht, daß die Pferde bei Melchior untergestellt werden. Das müssen die akzeptieren, immerhin stiftet er zwei Pferde und zahlt den Unterhalt für fünf Jahre."

„Die werden froh sein, wenn der Beitrag sinkt", sagte Boller, „in einem halben Jahr redet keiner mehr von dem Jansen."

8.Kapitel

Sie hatten sich um 20°° Uhr im Biergarten bei Kasper verabredet. Rübsam war schon früher eingetroffen. Er hatte einen unbefriedigenden Nachmittag hinter sich. Jetzt saß er unter einer der Kastanien und trank mit großem Genuß sein Bier.

Gegen 20°° Uhr trafen Holzer und Fleuth ein. Nachdem sie ihre Bestellung aufgegeben hatten, berichtete Rübsam von seinem erfolglosen Nachmittag. Er war zu Boller gegangen, hatte ihn aber nicht angetroffen. Seine Frau wußte weder, wo er war, noch, wann er zurückkam. Rübsam war dann eine Stunde in der Stadt herumgelaufen und hatte dann noch einen Versuch unternommen. Jetzt war Boller zu Hause, seine Frau führte ihn ins Wohnzimmer, während Boller im Nachbarraum noch telefonierte. Rübsam bekam so den letzten Teil des Gespräches mit. Er hörte, wie Boller über Holzer sprach, ihn „einen versoffenen, ehemaligen Waldarbeiter" nannte. Kurz darauf betrat Boller das Wohnzimmer, erstaunt, einen Kommissar dort vorzufinden.

Als Boller hörte, daß die Polizei sich für den Wechsel ihres Pferdewirtes interessierte, wurde er recht ungehalten. Was die Polizei damit zu tun habe, wenn ein Reitverein den Pferdewirt wechselte, wollte er wissen. Rübsam erklärte ihm daraufhin, daß der Wechsel im Zusammenhang mit einem Todesfall stehe, bei dem Fremdeinwirkung nicht ausgeschlossen werden könne und daher für die Ermittlungen von Bedeutung sei. Boller hatte kurz gestutzt, als von Fremdeinwirkung die Rede war. Dann aber hatte er dem Kommissar kurz und bündig mitgeteilt, daß der Wechsel des Pferdewirts eine Folge des bedauerlichen Todesfalls sei und daß es dem Verein und seinen

114

Mitgliedern nicht zuzumuten sei, weiterhin mit einem Pferdewirt zusammen zu arbeiten, bei dem Pferde umgebracht würden und Reiter zu Tode kamen. Im übrigen sei er nur den Wünschen der Vereinsmitglieder nachgekommen, die nach dem Todesfall an ihn herangetreten seien und ihm unmißverständlich mitgeteilt hatten, daß sie ihre Kinder so lange nicht mehr zum Reiten schicken würden, so lange die Pferde auf dem Jansen'schen Hof stehen würden. Manche hätten mit dem Austritt aus dem Verein gedroht. Eile sei also geboten gewesen. Unter dem Druck der Ereignisse war er zum Handeln gezwungen gewesen Unglücklicherweise waren seine Vorstandskollegen gerade im Urlaub, so daß er die Entscheidung alleine und unbürokratisch hatte treffen müssen. Für Rübsam klang das alles sehr plausibel.

Holzer hatte seine Zweifel. Er hatte nach den Pferdemorden die betroffenen Vereinsmitglieder mit ihren Kindern gesehen, die spontan zu Jansens Hof gekommen waren, um ihre Wut und ihr Mitgefühl zum Ausdruck zu bringen, weit davon entfernt, einen Wechsel des Pferdewirts zu fordern.

Rübsam, dem das mitgehörte Telefongespräch wieder eingefallen war, fragte Holzer nach seiner Beziehung zu Boller.

„Beziehung", lachte Holzer, „Beziehung hab ich überhaupt kei zu dem. Der Boller is so arrogant, daß der unsereins gar net wahrnimmt, abber warum interessiert dich dat, Kommissar?"

Rübsam erzählte von dem mitgehörten Telefongespräch.

„Der Boller hat mit irgendjemand über mich geschwätzt", fragte Holzer, „dat is interessant, da interessiert einen doch glatt mit wem? Wann war denn dat genau?"

„Das kann ich Dir ganz genau sagen", sagte Rübsam. „Als ich das erste Mal bei Boller klingelte, war es genau 14^{20} Uhr, als Boller nicht da war, entschloß ich mich, genau eine Stunde später noch einen Versuch zu machen. Es muß also 15^{20} Uhr gewesen sein."

„Dat is genau die Zeit gewese, wo mir bei dem Schmidt weg sinn", sagte Holzer. „Ich hab, als mir da weg sinn, auf de Kirschturmuhr geguckt."

„Dann hat der Schmidt, nachdem ihr weggegangen seid, sofort den Boller angerufen und ihn über das Gespräch informiert. Er muß ziemlich beunruhigt gewesen sein, sonst hätte er nicht direkt den Boller angerufen. Der hat ihn dann beruhigt, besonders wegen unserem geschätzten Holzer, denn das war es, was ich gehört habe", sagte Rübsam.

„Dann hat der Schmidt durch unsern Besuch dat große Fracksause gekricht, da ham mer für Unruhe im Hühnerstall gesorgt", sagte Holzer grinsend.

„Das habe ich schon gemerkt, als wir bei Schmidt waren, dem ging der Arsch auf Grundeis", sagte Fleuth.

„Nur", sagte Rübsam, „rausgekriegt haben wir immer noch nichts."

„ Bleibt uns noch der Groß, ob der da mitkungelt? Mir sollte dem auf de Zahn fühle."

„Wenn man vom Teufel spricht", sagte Fleuth und deutete mit dem Kopf auf den Eingang des Biergartens. Ein Mann hatte den Biergarten betreten. Er war von untersetzter Gestalt, ohne schwerfällig zu wirken. Es war Groß, das dritte Vorstandsmitglied des Reit- und Fahrvereins. Groß grüßte und ließ sich an einem der freien Tische nieder.

Er war, wie Holzer in Erfahrung gebracht hatte, gestern aus dem Urlaub zurückgekommen. Er war nach der Einschätzung von Fleuth und Holzer das Vorstandsmitglied, das am wenigsten Einfluß im Verein hatte. Groß war eine Art Vereinsmeier, neben seiner Vorstandtätigkeit im Reit – und Fahrverein war er Kassierer im Sportverein und im Vorstand des Vogelschutzvereins. Nachdem der Wirt die Getränke gebracht hatte, stand Fleuth auf und ging Richtung Toilette, dabei mußte er am Tisch von Groß vorbei. Rübsam und Holzer sahen, wie er stehen blieb und sich mit Groß unterhielt. Nach einer Weile setzte sich Fleuth zu Groß an den Tisch. Zwischen den beiden war eine angeregte Unterhaltung im Gange.

„Ich gäb wat drum, wenn ich wüßt, wat die da verhack-stücke."

„Ja, da würde ich jetzt gerne mal Mäuschen sein, aber ich denke, wir werden es gleich erfahren ", sagte Rübsam. Fleuth saß fast eine Stunde bei Groß, bevor er wieder an seinen Tisch zurückkehrte. Groß hatte gezahlt und war gegangen. Rübsam und Holzer sahen Groß gespannt an.

„Nu sach schon", fragte Holzer gespannt, „watt hatt der gesacht?"

Fleuth lachte.

„Der hat soviel gesagt, daß es mir schwer fällt, es mit einem Satz wiederzugeben. Ich versuchs mal. Also, es gibt seit zwei Wochen einen Sponsor, jemanden, der den Reit – und Fahrverein   finanziell unterstütrzt. Dieser Sponsor hat sein Sponsoring, so heißt das glaub ich, von Bedingungen abhängig gemacht.

1.   Seine Identität darf nicht bekannt werden.

2.   Alle Pferde des Reit- und Fahrverein müssen auf dem Melchiorhof untergestellt werden.

Dafür gibt es folgende Leistungen:

1.   Der Sponsor stiftet dem Reit – und Fahrverein zwei zusätzliche Pferde

2.   Der Sponsor bezahlt für den Zeitraum von 5 Jahren, die Unterstellkosten an den Bauern Melchior.

Das alles hat der Groß aber auch erst gestern erfahren. Er ist stinksauer auf seine Vorstandkollegen, die das alles ohne ihn, mit, wie sie ihm sagten, zweidrittel Mehrheit, beschlossen haben. Groß ist einfach übergangen worden. Selbst er weiß nicht, wer der geheimnisvolle Sponsor ist. Die drei saßen eine Weile schweigend am Tisch.

„Jetzt ham wir die Erklärung, warum der Reit - und Fahrverein den Pferdewirt gewechselt hat, die sinn regelrecht gekauft worde", sagte Holzer, „die Frach is nur von wem und warum?"

„Es scheint ja fast so, als wolle der Sponsor dem Melchior was Gutes tun", sagte Fleuth. „Der einzige der da richtig von profitiert, ist der Melchior, der hat bei halber Arbeit fast das doppelte Einkommen. Ich glaube langsam, das geht nicht gegen den Jansen, sondern ist eine Aktion für den Melchior."

„Du vergißt den Müller, der krischt dem Melchior sei Küh un sei Milchkontingent un newebei is sein Erzfeind Jansen am Ende. Aber da gibt et noch wat anderes, en Verdacht in ne ganz andere Richtung."

Fleuth und Rübsam sahen Holzer erwartungsvoll an.

„Was is mit dem Pferderipper, hat mer den eischendlich geschnappt?", fragte Holzer.

„Soweit ich weiß, noch nicht", sagte Rübsam.

„Kannste net ma nachfrage", sagte Holzer.

Rübsam nahm sein Handy und rief seine Dienststelle an. Er hörte eine Weile zu, dann fragte er, ob der Täter geständig sei. Es verging wieder eine Weile, dann war das Gespräch zu Ende.

„Was ist nun", fragte Holzer, „hat man den Kerl?"

„Ob man den Kerl hat, weiß ich nicht", sagte Rübsam, „man hat einen Kerl. Es scheint mehrere Pferderipper zu geben, sogenannte Trittbrettfahrer. Der, den man festgenommen hat, ist geständig. Er hat die Anschläge in Montabaur und in Westerburg gestanden, mit den Anschlägen in Gemünden und bei Jansen will er nichts zu tun haben. Wie es scheint, gibt es einen zweiten Pferderipper. Die Aussage sei glaubhaft, da die Tatausführung bei Jansen und in Gemünden ganz anders gewesen ist, als in Westerburg und Montabaur, meinte der Kollege."

Holzers Augen funkelten.

„Genau so hatte ich mir das vorgestellt", sagte er.

„Was hast du dir so vorgestellt?" fragte Fleuth. „Nun mach mal Butter bei die Fische, ich sehe doch, daß du seit Tagen mit was schwanger gehst, komm endlich raus damit."

Holzer lachte.

„Du hast recht, mein Freund, kennst mich halt ganz gut. Nun, dann will ich mei Geschicht erzähle."

Holzer nahm einen tiefen Schluck Bier. Dann erzählte er in gestochenem Hochdeutsch seine Geschichte:

„Es fing damit an, daß ich dieses Jahr meine Wanderungen in Richtung der Talsperre unternommen habe. Ich war im vorletzten Frühjahr schon einige Male in dieser Gegend unterwegs gewesen und hatte auch schon den damaligen Jagdpächter getroffen. Es war ein Rechtsanwalt aus Limburg, ein netter Kerl, mit dem ich mich einige Male unterhalten habe. Mein Freund Fleuth weiß, daß ich der Jagd, so wie sie heute ausgeübt wird, sehr kritisch gegenüber stehe. Im Unterschied zu anderen Jagdpächtern konnte man sich mit diesem Mann kritisch über die Jagd unterhalten. Er hatte auch einiges in seinem Revier getan, so war zum Beispiel der Wildbestand in seinem Revier im Rahmen des Vertretbaren. Jeden Herbst organisierte er eine große Jagd, bei der das Rehwild und die Schwarzkittel auf ein erträgliches Maß reduziert wurden.

Den Rest des Jahres ließ er das Wild mehr oder weniger in Ruhe. Die Waldbesitzer und Bauern waren zufrieden, es gab lange nicht soviel Verbiß und Wildschäden wie in den anderen Revieren. Dafür gab es jede Menge Raubvögel, die das Kleinzeug kurz hielten. Wie gesagt, dieser Mann sah sich weniger als Jäger denn als Naturschützer. Kurz, es war der Typ des modernen Jägers, der seine Aufgabe ernst nahm und jenseits der üblichen Trophäenjagd und der Philosophie der etablierten Jagdverbände mit seiner jagdlichen Verantwortung ernst machte.

Er hatte das Revier schon zwölf Jahre und hätte es für weitere zwölf Jahre gepachtet, wenn ihm nicht jemand einen Strich durch die Rechnung gemacht hätte. Als der Pachtvertrag letztes Jahr auslief, hat ein anderer den Zuschlag erhalten. Der neue Pächter war ein einfacher Arbeiter. Er hatte die Jagd zugesprochen bekommen, obwohl man dem alten Pächter immer wieder versichert hatte, daß eine Weiterverpachtung an ihn, wegen der guten Zusammenarbeit, selbstverständlich sei.

Der Rechtsanwalt war sehr irritiert und stellte den Bürgermeister zur Rede, der jedoch murmelte etwas von regionalen Geschichten, auf die er keinen Einfluß habe und ging dann er achselzuckend weg.

Hinter dem einfachen Arbeiter, der bei der Firma Eisenbrey arbeitete, stand natürlich der Chef der Firma. Der Grund für diese merkwürdige Konstruktion liegt in den Bestimmungen des Jagdrechts, nach denen man drei Jahre im Besitz einer gültigen Jagderlaubnis sein muß, um ein eigenes Revier zu pachten. Eisenbrey hatte aber überhaupt keine Jagderlaubnis, als das Revier zur Verpachtung stand. Er mußte aber jetzt handeln, denn hätte er das Revier jetzt nicht gepachtet, dann hätte er zwölf Jahre warten müssen. Deshalb bediente er sich seines Arbeiters Zacharias, der im Besitz einer gültigen Jagderlaubnis war.

Der wirkliche Pächter, im Sinne des Gesetzes, ist natürlich der Arbeiter Zacharias. Der aber ist seinem Chef treu ergeben und ordnet sich ihm in allen Belangen, so auch in denen der Jagd unter."

Rübsam pfiff durch die Zähne.

„Jetzt verstehe ich auch dem sein Verhalten im Wald", sagte er, „er hat sich als Jagdpächter ausgegeben, weil er sich als der eigentliche Pächter fühlt. Den Jagdschein hat er seit ein paar Wochen, das habe ich selbst überprüft. Er muß jetzt noch 3 Jahre warten, dann kann er den Zacharias ablösen. So umgeht man Gesetze, die einen stören. Das ist doch nicht zu fassen."

„Das ist der erste Teil der Geschichte", fuhr Holzer fort. „An dem Tag, als der Eisenbrey seine Jagderlaubnis erhielt, hatte ich schon den ersten Zusammenstoß mit ihm. Er bedrohte mich mit seinem Gewehr und tat so, als gehöre der Wald ihm. Dabei hatte er noch nicht einmal eine Ahnung, wie die Reviergrenzen verliefen, da die ganze Aktion außerhalb seines bzw. Zacharias Revier stattfand."

„Das ist ja ungeheuerlich!" rief Rübsam. „Warum hast du denn nichts gesagt, ich hätte schon dafür gesorgt, daß der seine Jagderlaubnis los ist."

„Ich hatte mein Gründe", sagte Holzer, dann fuhr er fort: „das erste was mich stutzig machte, waren die mangelnden Kenntnisse des Jagdrechtes. Der Kerl kannte seine Reviergrenzen nicht, er bedrohte Spaziergänger usw. und das alles ein paar Tage nach seiner bestandenen Jägerprüfung, das kam mir sehr merkwürdig vor. Kurz und gut, ich legte mal mein Ohr auf die Schiene und erfuhr, daß Eisenbrey seinen für die Jägerprüfung vorgeschriebenen Fachkundekurs in einer Schule in Norddeutschland gemacht hatte. Da Zacharias zur gleichen Zeit Urlaub hatte, gehe ich davon aus, daß Eisenbrey keine Minute an dieser Schule war, der hat den Zacharias dahingeschickt, der dort für ihn die Zeit abgesessen hat."

„Und wie hat der die Jägerprüfung bestanden?" fragte Rübsam.

„Du kannst davon ausgehen, daß er sich die Prüfung besorgt hat", sagte Holzer, „ist ja kein Problem, wenn man das nötige Moos und die nötigen Verbindungen hat, und die hat der Eisenbrey ja."

„Das wär ja ein Ding", sagte Fleuth, „aber ich versteh den Gesamtzusammenhang nicht,. Was hat das alles mit den Anschlägen gegen Jansen zu tun?"

„Sehr viel, wenn du mal folgendes bedenkst: Anschläge gegen Jansen gibt es seit Jahren. Der hat sich schon richtig dran gewöhnt. Mal ist der Zaun kaputt, eine Feldscheune brennt ab und so weiter, es war immer Gewalt gegen Sachen. Seit ein paar Wochen ist das anders. Ungefähr eine Woche, nachdem der Eisenbrey den Jagdschein hat, werden bei Jansen die Pferde vergiftet, kurz darauf stürzt eines der Mädchen und verletzt sich, ein paar Tage später schlägt der Pferderipper zu und zu guter Letzt, gibt es einen Todesfall."

„Aber was hat das alles mit Eisenbreys Jagdschein zu tun?" fragte Fleuth. „Ich sehe beim besten Willen keinen Zusammenhang."

„Der Zusammenhang ist mir auch erst in den letzten Tagen klar geworden", sagte Holzer, wir haben die ganze Zeit einen großen Fehler gemacht, wir sind dem Täter auf den Leim gegangen. Wir haben der Frage des Motivs zu wenig Beachtung geschenkt. Wir haben geglaubt, daß die Anschläge eine Fortsetzung des Bauernkriegs sind, und das hat uns den Blick auf die wahren Realitäten verstellt.

Unser Augenmerk richtete sich immer auf den Jansen, irgend jemand will dem schaden, haben wir gedacht, jemand will, daß der das Handtuch wirft. Es sind aber noch andere davon betroffen, was wir leider nicht erkannt haben, nämlich der Reit - und Fahrverein. Der Boller, der hatte doch recht, eine größere Negativwerbung, als wenn beim Pferdewirt des Reitvereins Pferde umgebracht werden und Reiter zu Tode kommen, kann man sich nicht vorstellen. Schlimmer kann es für einen Reitverein nicht kommen. Er mußte den Pferdewirt wechseln. Wir haben den Reitverein als eine Art Täter gesehen, der dem Jansen den Todesstoß gegeben hat, in Wirklichkeit ist er genauso Opfer wie unser Freund Jansen."

„So habe ich das noch gar nicht gesehen", sagte Fleuth, „aber mach mal weiter, das ist eine ganz neue Perspektive und die ist sehr interessant."

„Aber was ist mit dem Motiv?" fragte Rübsam. „Du hast eben gesagt, wir hätten dem Motiv zu wenig Beachtung geschenkt. Wer hat den nun ein Motiv, wenn nicht der Müller, der den Jansen ärgern will."
Holzer lachte.

„Das Motiv liegt doch auf der Hand, es ist so deutlich sichtbar, daß ich mich wundere, daß ich nicht früher drauf gekommen bin. Allerdings ist es beruhigend, daß ein ausgewachsener Kommissar genauso blind durch die Gegend läuft wie ich selber. Ich stelle noch einmal fest, die Qualität der Anschläge veränderte sich schlagartig, nachdem der Eisenbrey seinen Jagdschein hatte, und genau da sehe ich das Motiv.

Stellt euch vor, der Eisenbrey hat endlich seine Jagderlaubnis, er, der soviel investiert hat, der sich, was noch zu beweisen ist, die Jägerprüfung erschlichen hat, der einen Mittelsmann vorschieben mußte, um an das Revier zu kommen, der große Ländereien gekauft hat und dann feststellen muß, daß das nicht zwangsläufig zum Erlangen des Jagdrechts führt. Dieser Eisenbrey läuft mit stolz geschwellter Brust, endlich am Ziel seiner Träume, durch sein Revier, und da lauf ich ihm über den Weg. Wie das ausgegangen ist, wißt ihr ja.

Man muß das Ganze psychologisch sehen. Der Mann betrachtet das Revier als sein Eigentum und jeder, der sich darin aufhält ist ein Eindringling. Außerdem ist er es gewöhnt, daß man ihm Respekt entgegenbringt und unterwürfig gegenüber tritt. Einem Eisenbrey widerspricht man nicht, man versucht seine Wünsche zu erfüllen. Genau das erlebt er bei mir nicht, er blamiert sich nach allen Regeln der Kunst. In seiner Wut und Ohnmacht rennt er zu einem anderen mächtigen Mann, unserm Bürgermeister. Der jedoch stellt sich nicht auf seine Seite, sondern schmeißt ihn raus.

Eisenbrey kocht.

Er läuft die nächsten Tage durch sein Revier und läßt die Wege, die zwischen seinen Grundstücken verlaufen, einzäunen. Fleuth und ich haben die Auswirkungen selbst gesehen, da war fast kein Durchkommen mehr. Dann taucht ein neues Problem auf. Es ist Ferienbeginn und die Reiter von Jansens Hof durchqueren, ohne auf die Wege zu achten, sein Revier. Sie reiten quer durch den Wald, den Brandschneisen entlang, überall trifft er auf Pferdespuren. Für Eisenbrey rückt der Pferdehof von Jansen, als Störenfried Nummer eins ins Blickfeld. Er hat nichts gegen Jansen. Er kennt ihn nicht mal. Er weiß nur, daß eines der Standbeine von Jansen der Reitverein und die Pferdepension sind. Er sieht, daß Jansens Land direkt an seine Reviergrenze stößt und daß von dort, die Reiter in sein Revier eindringen. Wahrscheinlich hat er sich bei seinem Rechtsanwalt Rat geholt. Der wird ihm erzählt haben, daß er gegen die Reiter nichts ausrichten kann, sie höchstens dazu zwingen kann, bestimmte Wege zu benutzen. Damit ist Eisenbrey aber nicht geholfen, er will, daß die Reiter ganz aus seinem Revier verschwinden. Mit ein paar Ferienreitern in den Sommerferien könnte er zur Not noch leben, aber dieser Reitverein sorgt für eine ganzjährige Präsenz von Reitern im Revier.

Es wird ihm sehr schnell klar, daß es keinen Sinn hat, sich mit Jansen anzulegen oder zu verständigen, denn der hat keine Alternative, der kann gar nicht anders. Dessen Reitgäste müssen, wenn sie längere Touren machen wollen, durch sein Revier, ansonsten müßten sie in Richtung Stadt reiten, und was sollte ein Reiter dort? Daß Jansen auf seine Bitte hin die Reiterei einstellt, hält Eisenbrey für unrealistisch, denn er sieht natürlich, daß Jansen seinen Betrieb dann ganz zumachen könnte."

Fleuth und Rübsam hatten gespannt zugehört.

„Dann hat er beschlossen, dem Jansen die Pferde umzubringen. Er hat sich irgendwo eine Eibe besorgt und die Pferde vergiftet", sagte Fleuth.

„Langsam, langsam", sagte Holzer, „soweit sind wir noch nicht."

Der Wirt war in der Nähe des Tisches und Rübsam bestellte eine Runde Bier.

„Ausgezeichnete Idee, dann läßt et sich auch viel besser erzähle", sagte Holzer.

„Also", sagte Holzer und fuhr fort, „der Eisenbrey hat sich keine Eibe besorgt, so etwas macht der nicht selber, da hat der seine Leute für.

Ich denke mir die Sache so, der Eisenbrey hat den Zacharias abends zum Bier eingeladen und hat ihm, da der Zacharias wahrscheinlich keine Zeitung liest, die Sache mit dem Pferderipper erzählt. Dabei wird er auch erwähnt haben, daß der Ripper mit seinen Anschlägen auf dem Weg nach Norden ist, daß er den Pferderipper gut verstehen kann. Wenn man so sieht, wie die Reiter das Wild verschrecken, ist das für einen Jäger eine Art Notwehr, so oder so ähnlich wird er dem Zacharias das verklickert haben. Dann wird er ihm klar gemacht haben, daß der Reitbetrieb auf dem Tannenhof aufhören müsse und das er sich mal Gedanken machen soll, wie man das am besten bewerkstelligen könne."

„Jetzt kommt der Eibe", rief Fleuth.

„Was du mit der Eibe hast, die richtige Chronologie ist eine ganz andere", sagte Holzer. „Der Zacharias hat sich, im Rahmen seiner geistigen Möglichkeiten ganz schön was einfallen lassen. Damit hat er uns ganz schön hinters Licht geführt. Der ist nämlich Trittbrettfahrer von dem Pferderipper geworden. Der ist nach Gemünden gefahren und hat auf einem Pferdehof ein Pferd massakriert. Jeder hat gedacht, das ist der Pferderipper. Wir haben es geglaubt und die Polizei auch. Die haben sogar den Jansen angerufen und haben ihn gewarnt. Das hatte der Zacharias clever eingefädelt. Wäre der Pferderipper nicht gefaßt worden, dann wäre das gar nicht aufgefallen. Der Zacharias hat nur einen Fehler gemacht, er hätte Zeitung lesen sollen. Dann hätte er erfahren, daß der Pferderipper die Pferde auf eine ganz bestimmte Art und Weise umgebracht hat. Der Aussage des Pferderippers kann man Glauben schenken. Die Fälle in Gemünden und bei Jansen unterscheiden sich maßgebend von den anderen. Es ist auch eine andere Waffe verwendet worden."

„Dann diente der Aktion in Gemünden zur Vorbereitung des eigentlichen Anschlags. Nicht schlecht", sagte Rübsam.

„Als dann das Pferd bei Jansen umgebracht wurde, hat jeder gedacht, er gehört zu der Anschlagserie", sagte Fleuth, „was aber ist mit der Eibe?"

„Zufall, das war purer Zufall", sagte Holzer, „kurz nach dem Anschlag in Gemünden trifft der Zacharias den jungen Müller mit seinem Traktor im Wald. Hinten, auf der Ackerschiene ist die Eibe befestigt. Die beiden kennen sich nicht, kommen aber ins Gespräch. Der Müller erzählt dem Zacharias, warum er die Eibe auswildern will und erzählt in diesem Zusammenhang, wie giftig sie für Pferde ist. Zacharias schaltet sofort, er hilft Müller die Eibe einzugraben und gräbt sie, als Müller weg ist, sofort wieder aus, um sie bei Jansen an den Zaun zu setzen."

„Also so ist das gelaufen", sagte Fleuth, „das erklärt natürlich einiges, dadurch ist natürlich der Müller der Hauptverdächtige. Das hat der Zacharias noch nicht einmal geplant, das hat sich zufällig ergeben. Zufälle gibt's."

„Er hat aber seine Chance gesehen und sie sofort genutzt, das kann auch nicht jeder. Ein paar Tage später, nachdem er die Eibe wieder an den alten Platz gesetzt hatte, hat er dann eines von Jansens Pferden massakriert. Jeder hat gedacht, daß diese Ereignisse nichts miteinander zu tun haben", sagte Holzer.

„Ich hätte nie gedacht, daß dieser Dumpftroll von Zacharias so etwas zustande bringt", sagte Fleuth.

„Da war ganz schön viel Glück dabei, das mit der Eibe hätte nur eine Stunde früher passieren müssen und schon hätte der Zacharias nichts davon mitgekriegt", sagte Rübsam. „Mal etwas anderes, kannst du das alles beweisen, oder sind das nur Vermutungen?"

„Gute Frage", lachte Holzer, „ich muß zugeben, es sind zum großen Teil Vermutungen, einen Teil kann ich allerdings beweisen. Unstrittig ist das Zusammentreffen von Müller und Zacharias im Wald und daß sie sich lange über Eiben und deren Giftigkeit unterhalten haben. Der junge Müller hat es mir selbst erzählt . Er kannte den Zacharias zwar nicht, hat ihn aber so genau beschrieben, daß ich sofort wußte wer gemeint war. Ich bin sicher, daß der Zacharias bei einer Gegenüberstellung sofort von Müller identifiziert würde."

„Was ist mit den Stürzen der Mädchen, war das auch Zufall wie die Eibe", fragte Fleuth, „oder hast du darauf auch eine Antwort?"

„Vermutlich war das auch der Zacharias", sagte Holzer, „der hat die Mädchen beobachtet, die sind bei Ausritten immer zuerst durch diese Brandschneise geritten. Zacharias hat sich in einer der kleinen Querschneisen versteckt und hat mit einer Steinschleuder auf die Hinterhand der Pferde geschossen. Als Geschosse hat er Schraubenmuttern verwandt. Beide Pferde hatten eine punktförmige Verletzung an der Hinterhand, bei dem letzten Pferd ist sie noch deutlich sichtbar. Der Kommissar und ich haben drei dieser Muttern gefunden, zwei an den Stellen, wo die Pferde gescheut haben und eine dort, wo der Schütze stand, die muß ihm da aus der Hand gefallen sein. Der Schütze muß mit einer schweren Anklage rechnen, immerhin ist ein Mensch zu Tode gekommen, auch wenn das nicht beabsichtigt war.

Alle Aktionen zusammengenommen bewirkten, daß Jansen und der Reitverein Schwierigkeiten bekamen. Das war jetzt die Stunde Eisenbreys, der hat wahrscheinlich den Boller angerufen und sich mit ihm im Hotel Westerwald verabredet. Daß die sich im Hotel getroffen haben, steht fest, das hat uns der Wirt vom Gasthof Kasper erzählt. Der Boller muß anschließend so besoffen gewesen sein, daß ihn der Fahrer vom Eisenbrey nach Hause fahren mußte. Bei einem gepflegten Essen sind dann die Schwierigkeiten des Reitvereins angesprochen worden, vermutlich hat sich Eisenbrey als Förderer des Pferdesports dargestellt und spontan seine Hilfe angeboten.

Er macht dem Boller ein tolles Angebot. Er bezahlt die Unterbringung der Vereinspferde für 5 Jahre und schenkt dem Verein noch zwei Pferde. Das Angebot ist an zwei Bedingungen geknüpft: die Pferde müssen bei Melchior untergebracht werden und sein Name darf nicht bekannt werden. Boller überbringt Melchior das Angebot. Es ist so gut, daß dieser nicht nein sagen kann. So sind sich alle Parteien einig. Der Eisenbrey hat sein Revier sauber, denn Melchiors Hof liegt auf der anderen Seite der Stadt, so daß es fast unmöglich ist, daß sich ein Reiter in Eisenbreys Revier verirrt. Der Reitverein hat zwei neue Pferde und kann die Beiträge senken und der Melchior hat für seine alten Tage noch ein gutes Auskommen gefunden. Es könnten alle zufrieden sein, wenn da nicht eine Tote wäre."

Holzer trank sein Bier leer und bestellte direkt ein neues.

Am Tisch herrschte Stille. Alle mußten die Geschichte überdenken, die sich doch so ganz anders entwickelte, als sie vermutet hatten.

Nach einer Weile sagte Fleuth: „Es kann nur so gewesen sein. Was du da eben vor uns entwickelt hast, läßt keine Fragen offen. Es muß so gewesen sein."

„Aber wer ist der eigentliche Täter, wen müssen wir überführen und vor allen Dingen wie?" fragte sich Rübsam nachdenklich.

„Der Hauptdrahtzieher is sicherlich der Eisenbrey, der Zacharias war nur der ausführende Lakai, der allerdings jetzt en Tote am Hals hat", sagte Holzer, der wieder in seinen Dialekt gefallen war, „wir habbe fast kei Beweise, alles nur Indizie und Vermutunge und trotzdem bin ich ganz sicher, daß sich die Geschichte so oder so ähnlich zugetrache hat."

„Wie können wir den Eisenbrey überführen", fragte Rübsam noch einmal.

„An den kommen wir nur über den Zacharias ran", sagte Fleuth, „wenn wir den Zacharias zum Reden bringen, dann haben wir auch den Eisenbrey ."

„Ich schlage vor, wir stellen erst einmal definitiv fest, was wir wissen und beweisen können und was nicht", sagte Rübsam.

1. Der Anschlag auf dem Gemündener Reiterhof und auf Jansens Hof gehen nicht auf das Konto des Pferde- rippers.

Frage: Hat Zacharias diese Anschläge durchgeführt?

2. Müller trifft eine Person, wahrscheinlich den Zacharias, im Wald. Die beiden unterhalten sich eine lange Zeit über die Giftigkeit von Eiben, insbesondere bei Pferden. Anschließend hilft diese Person (Zacharias) dem Müller beim Einpflanzen der Eibe.
   Wir können davon ausgehen, daß spätestens nach diesem Gespräch die unbekannte Person (Zacharias), über die Giftigkeit von Eiben, insbesondere bei Pferden, informiert war.

Frage: War es Zacharias, den Müller im Wald traf?
Wenn ja, hat Zacharias die Eibe an Jansens Zaun gesetzt und später wieder umgepflanzt?

3. Auf zwei Pferde von Jansen wurde mit einer Stein- schleuder und Muttern geschossen. Einer dieser An-

schläge ist ursächlich für den Tod eines Mädchens verantwortlich.

Frage: Wer hat geschossen?
Vermutlich Zacharias.

4. Ein noch unbekannter Sponsor, der unbedingt geheim bleiben will, hat dafür gesorgt, daß der Reitverein den Pferdewirt wechselt.

Frage: Steckt Eisenbrey dahinter, dienten alle aufgeführten Ereignisse nur dem Zweck, die Reiter aus Eisenbreys Revier herauszuhalten?

„Ich glaub jetz is die ganz Angelecheheit etwas klarer", sagte Holzer, „jetz wisse mer, wat mer noch beweise müsse. Wat ich noch gern wisse möchte, sinn die genaue Unnerschiede zwischen dem Pferderipper sei Gemetzel un den Anschläch bei Jansen un in Gemünne. Kann mer dat irgendwie rauskriege, Kommissar?"
„Sicher", sagte Rübsam, „ich werde morgen nach Westerburg fahren und eine Kopie der Ermittlungsakte beschaffen, aber was willst du damit?"
„Isch denk, dat der Zacharias dat Messer, mit dem er die Pferd massakriert hat, net weggeworfe hat, dat könnt bei dem noch zu finde sein. Vielleicht enthält der Bericht ja auch Hinweise auf die Messerform, so dat mir wisse nach wat mir suche müsse."
„Nicht schlecht", sagte Rübsam.
Kurz darauf brachen sie auf, nicht ohne sich für den nächsten Tag bei Holzer zum Frühstück verabredet zu haben. Rübsam wollte vorher noch den Bericht aus Westerburg holen. Es war heute doch viel geschehen, so daß jeder froh war, alleine seinen Gedanken nachhängen zu können.

9. Kapitel

Am nächsten Morgen, es war wieder ein wunderschöner Tag, saßen die drei bei Holzer um den Küchentisch. Das Küchenfenster stand weit offen und gab den Blick auf Holzers wunderschönen Bauerngarten frei, der freilich in den letzten Wochen etwas vernachlässigt worden war.

Rübsam war schon in Westerburg in der Dienststelle gewesen und hatte eine Kopie der Ermittlungsakte „Pferderipper" mitgebracht. Sie hatten sich Holzers Geschichte noch einmal durch den Kopf gehen lassen und waren zur Überzeugung gekommen, daß alles genau so gewesen sein müsse, wie Holzer es erzählt hatte. Rübsam hatte die beiden gerade darauf hingewiesen, daß sie die Polizeiakten nicht lesen dürften. Um sie nicht in Versuchung zu führen, hatte er sie nicht mit in die Küche gebracht, sondern auf den Wohnzimmertisch gelegt. Kurz darauf zog sich Holzer auf die Toilette zurück. Es dauerte geraume Zeit bis er zurückkam.

„Du hast es aber lange ausgehalten", meinte Fleuth.

„Gut Ding brauch Weil", sagte Holzer grinsend, „isch hab halt auf dem Lokus die beste Ideen."

„Außerdem ist die Akte recht umfangreich", meinte Rübsam sarkastisch, „das brauch halt seine Zeit. Hoffentlich ist wenigstens was dabei rausgekommen."

„Man müßt wisse, wat in dem Akt über die Art der Waffen steht, mit dene die Gäul massakriert worde sinn", sagte Holzer diplomatisch.

„Der Pferderipper hat mit einem langen schmalen Bajonett zugestochen, während der Täter bei Jansen und in

Gemünden eine sehr breite und dicke Klinge verwendet hat. Das war übrigens einer der Gründe, weshalb man dem Pferderipper glaubt, daß er mit diesen Anschlägen nichts zu tun hat", sagte Rübsam.

„Dann müßt mer doch nur nach dem breite und dicke Messer suche, vielleicht würd man dann noch en Steinschleuder finde", sagte Holzer nachdenklich.

„Du meinst, wir sollten bei Zacharias eine Hausdurchsuchung machen?" fragte Rübsam nachdenklich. „Dafür haben wir zu wenig in der Hand, da kriegen wir keine Durchsuchungserlaubnis für."

„Unn wenn du dir den Zacharias ma richtig vorknöpfst, so verhörmäßig, der Zacharias is nicht der hellste, da findeste bestimmt was. Wat wär denn, wenn der kei Alibi hätt für die Zeit, wo die Gäul umgebracht worde sinn?"

„Viele Leute hätten kein Alibi für die Zeit, das ist alles ein wenig dünn aber ich werde mir den Zacharis vorknöpfen. Wo werde ich den denn jetzt finden", fragte Rübsam.

„Der wird wahrscheinlich in der Fabrik sein und arbeiten", sagte Fleuth.

„Oder der is im Revier, der is nämlich von der normal Arbeit, für zwei Tach die Woch, freigestellt."

„Wo wohnt der eigentlich?" fragte Rübsam.

„Der wohnt seit drei Monaten hier in der Stadt", sagte Fleuth, „der hat das kleine Haus gekauft, wo gelegentlich dieser dicke Jeep davor steht. Vielleicht erinnerst du dich daran, wir müssen an dem Haus vorbei, wenn wir zu meinem Garten wollen."

Rübsam erinnerte sich.

„Dann fahr ich mal in die Firma und versuche den Zacharias zu treffen", sagte Rübsam. „Was macht ihr? Wollen wir nicht wieder bei Fleuth grillen. Daß ist das Beste was man bei dem Wetter machen kann."

Holzer und Fleuth waren einverstanden. Rübsam machte sich auf den Weg. Er fuhr auf das Eisenbrey'sche Firmengelände und parkte auf dem Gästeparkplatz. Als er über den Hof auf das Verwaltungsgebäude zuging, kam ihm ein Mann im Jägeroutfit entgegen. Rübsam sprach ihn an.

„Guten Tag, ich suche Herrn Zacharias. Können Sie mir sagen, wo ich den finde?"

„Was wolle Se denn von dem", fragte der Mann.

Rübsam zog seine Polizeiausweis hervor und sagte: „Sie sind Zacharias nicht war? Ich habe ein paar Fragen an sie. Wo können wir uns ungestört unterhalten?"

„Komme Sie, muß ja net jeder mitkriege dat sie von der Polizei sin."

Zacharias ging auf ein Nebengebäude zu. Rübsam folgte ihm. Hinter dem Gebäude stand eine Bank, die offensichtlich von den Arbeitern in den Pausen genutzt wurde. Rübsam sah das an dem Eimer, der halb mit Wasser gefüllt war. Auf dem Wasser schwamm eine Schicht Zigarettenkippen.

Zacharias setzte sich.

„So, Kommissar, wat wolle Sie von mir?

Rübsam setzte sich.

„Sie sind der Pächter des hiesigen Jagdreviers", fragte er.

„Ja, ich hab es letztes Jahr gepachtet. Die Neuverpachtung stand an, da hab ich zugeschlache, so en Gelecheheit gibt et bei uns nur alle zwölf Jahr", sagte Zacharias.

„Wie groß ist denn das Revier?", fragte Rübsam scheinheilig.

„Ach, so an die 240 Hektar", sagte Zacharias, „es is net zu groß, aber auch net zu klein."

„Und was kostet so der Hektar Revier?" fragte Rübsam. „Ich meine was bezahlen sie für den Hektar?"

Zacharias guckte verunsichert.

„Warum wollen sie dat wisse", fragte er.

„Ach, nur so, ich möchte mir halt ein Bild von den Verhältnissen machen. Also was kostet der Hektar?", fragte Rübsam.

„So an die vierzig Mark", sagte Zacharias, „dat sin rund zehntausend Mark im Jahr."

„Meine nächste Frage wird Sie nicht verwundern, Herr Zacharias, Sie sind ein einfacher Arbeiter, wie finanzieren Sie die Jagd?"

„Ich hab kei Familie und außer der Imkerei und der Jagd kei Hobby, ich drink un ich rauch net. Ich kann dat gut finanzieren", sagte Zacharias.

„Und i

Ihr Haus, das Sie vor drei Monaten gekauft haben, und den Jeep, wie bezahlen Sie den?" fragte Rübsam. „Sagen sie jetzt bloß nicht von Ihren Facharbeiterlohn, ich bin nämlich nicht bereit Ihnen das zu glauben. Ich kann jederzeit bei der Bank Ihre Geldbewegungen überprüfen, es nützt Ihnen also nichts, wenn Sie lügen."

Zacharias rutschte unruhig auf der Bank hin und her.

„Also gut, der Herr Eisenbrey bezahlt das Revier, er wollte, daß ein Einheimischer die Jagd pachtet."

„Sie wollen mir doch nicht erzählen, daß Eisenbrey Ihnen zehntausend Mark im Jahr zahlt, nur damit ein Einheimischer die Jagd ausübt? Hören Sie Herr Zacharias, das können sie jemandem erzählen, der sich die Hose mit der Kneifzange anzieht!"

„Was wollen Sie eigentlich von mir", rief Zacharias aufgebracht, „was geht Sie das alles an?"

Rübsam war jetzt sehr ernst geworden.

„In Ihrem Revier ist ein Mensch auf sehr merkwürdige Weise ums Leben gekommen, und ich werde diese seltsamen Umstände aufklären. Ein besonders merkwürdiger Umstand ist die Art und Weise, wie die Jagdverpachtung abgelaufen ist. Im Übrigen hat sich Ihr Chef mir gegenüber als Jagdpächter ausgegeben. Es gibt also keinen Grund für Sie, mit der Wahrheit hinter dem Berg zu halten."

„Wenn Sie wieso alles wissen, warum fragen Sie mich denn überhaupt noch?"

„Ich will es von Ihnen wissen, Herr Zacharias, von Ihnen persönlich", sagte Rübsam.

„Also gut, wenn Sie das sowieso schon wissen, ich mußte für den Eisenbrey die Jagd pachten. Offiziell bin ich noch drei Jahre der Pächter, dann kann Herr Eisenbrey die Jagd übernehmen. Was sollte er denn machen? Die Jagd stand im vergangenen Jahr zur Verpachtung, hätten wir sie letztes Jahr nicht gekriegt, dann hätten wir zwölf Jahre warten müssen."

Zacharias stierte dumpf vor sich hin.

„Herr Zacharias, wo waren Sie am vorletzten Freitag - und Dienstagabend, was haben Sie da gemacht?"

„Weiß ich nicht mehr", sagte er bockig, „ was soll das überhaupt, warum wollen Sie das wissen?"

„Herr Zacharias ich brauche von ihnen ein Alibi für diese beiden Abende. Nehmen sie die Sache nicht zu leicht, es sind die beiden Abende, an denen die Anschläge auf die Pferde in Gemünden und bei dem Bauern Jansen verübt worden sind. Wissen Sie was Sie an den Abenden gemacht haben?"

Zacharias schwitzte und rutschte unruhig auf der Bank hin und her.

„Was hab ich mit dem Pferderipper zu tun", rief er, „ich denk, der ist gefaßt, warum fragen Sie mich das alles?"

„Der Pferderipper ist gefaßt, nur hat der mit den beiden Anschlägen nichts zu tun, das ist anhand der Spuren eindeutig erwiesen. Vielmehr sind Sie an dem einen Abend mit Ihrem auffälligen Jeep in Gemünden am Tatort gesehen worden", klopfte Rübsam auf den Busch.

„Ich war net da", rief Zacharias aufgebracht. „Ihr Zeuge muß sich irren."

„Dann sagen Sie mir was Sie an den Abenden gemacht haben, dann ist die Sache für Sie geritzt", antwortete Rübsam.

„Ich glaub, ich war daheim", rief Zacharias, „ich hab ferngesehen, de ganze Abend."

„Sie waren natürlich allein zu Hause und was im Fernsehen lief, wissen Sie natürlich auch nicht mehr", sagte Rübsam.

„Nein, ich meine ja", rief Zacharias, „ich hab kei Ahnung was im Fernsehen lief, wahrscheinlich bin ich wieder eingeschlafe, wie meistens, wenn ich Fernseh gucke."

„Herr Zacharias, das ist noch nicht mal ein schlechtes Alibi, es ist überhaupt kein Alibi. Sie werden verdächtigt, die beiden Pferdeanschläge durchgeführt zu haben. Ich lade Sie hiermit vor. Sie kommen morgen um 9°° Uhr in die Polizeiinspektion Westerburg. Wir werden Ihre Aussage protokollieren."

Zacharias saß zusammengesunken auf der Bank.

Rübsam stand auf und ging.

Fleuth hatte den Grill angezündet und wartete daß die Grillkohle durchgeglüht war. Er hatte den Grill etwas abseits abgestellt, damit sie nicht von der Hitze belästigt wurden, denn es war heiß genug.

Holzer saß auf der Bank und rauchte seine Pfeife. Fleuth setzte sich zu ihm.

„Das ist ein Sommer", sagte Fleuth, „so einen hatten wir schon lange nicht mehr."

Holzer nickte.

„Es wird Zeit, dat et regnet, die Erd hat schon richtige Risse. Schade für den Jansen, hätte e gut Geschäft für den werde könne, bei dem Wetter. Wenn bei dem alles nach Plan gelaufe wär, der hät de ganze Sommer die Bude voll gehabt."

„Es hat nicht sollen sein", sagte Fleuth, „vielleicht kommt es für Jansen ja noch zu einem guten Ende."

Ein Auto fuhr vor. Es war Rübsam. Er kam in den Garten und ließ sich neben Holzer auf der Bank nieder.

„Was gab et bei Zacharias?" fragte Holzer.

„Dem habe ich gehörig Dampf gemacht, dem geht der Arsch auf Grundeis."

Rübsam erzählte von seinem Gespräch mit Zacharias. Fleuth war amüsiert und meinte: „Der macht heute Nacht kein Auge zu, so wie du dem zugesetzt hast."

„Was meint ihr", fragte Rübsam, „ob er zu Eisenbrey geht und ihm von meinem Besuch erzählt?"

„Davon können wir ausgehen", sagte Fleuth, „der ist wahrscheinlich schnurstracks zu dem Eisenbrey gelaufen."

Holzer sagte nichts, sein Blick war in die Ferne gerichtet. In seinen Augen war ein eigentümliches Funkeln.

„Was ist mit dir", fragte Fleuth, „bist überhaupt nicht bei der Sache, was meinst du dazu?"

Holzer schreckte auf.

„Was ist? Irgendwas in deiner Erzählung hat mich stutzig gemacht", sagte er, „ich weiß nur nicht, was."

Dann stand er auf und ging in den Garten. Fleuth und Rübsam schauten ihm entgeistert nach.

„Was ist denn jetzt schon wieder mit dem los?" fragte Rübsam.

„Den Zustand müßtest du doch kennen, das macht der immer, wenn er mit irgend etwas schwanger geht."

Sie sahen ihm zu, wie er zwischen den Beeten hin - und herlief. Fleuth machte sich am Grill zu schaffen. Holzer kam langsam zurück.

„Es is wie verhext", sagte er, „du hast mir eben ein Stichwort geliefert, ich weiß nur noch net, wofür, aber ich krieg`s raus."

„Was für ein Stichwort?" fragte Fleuth.

„Na, dem Rübsam sein Bericht. Dem sei Gespräch mit dem Zacharias. Irgendwas in dem seim Bericht, irgendwas ist der Schlüssel. Es is nur ganz kurz aufgeblitzt, aber es war zu kurz, ich konnt et nicht festhalte, aber isch krieg es raus."

Rübsams Handy gab Laut.

Rübsam meldetet sich. Er sagte mehrmals ja und dann eine ganze Weile gar nichts mehr.

„Die Vorladung ist damit hinfällig", sagte Rübsam und steckte das Handy in die Tasche.

„Ich glaube, ich hör net recht", fragte Holzer, „wieso ist die Vorladung hinfällig?"

„Tja", sagte Rübsam, „Zacharias hat ein Alibi, Eisenbrey war an beiden Abenden mit ihm zusammen. An dem Abend, an dem der Anschlag in Gemünden passierte, waren die beiden zusammen im Revier unterwegs. Zacharias ist dann noch mit zu Eisenbrey, auf einen Schlummertrunk. So gegen 1°° Uhr ist er dann nach Hause gefahren. Bei dem Anschlag auf Jansen haben die beiden zusammen gegrillt, es muß ein sehr feuchter Abend gewesen sein. Zacharias habe im Gästezimmer der Firma übernachten müssen. Fahruntüchtig, sagte Eisenbrey. Damit ist die Vorladung hinfällig."

„Es ist wie ich gesagt habe", sagte Fleuth, „der ist direkt nach dem Eisenbrey gelaufen."

„Und der hat ihm sofort ein Alibi verschafft", sagte Rübsam, „wobei die Alibis garantiert nicht stimmen."

„Woher weißt du das?" fragte Fleuth.

„Na, wenn das wirklich so gewesen wäre, dann hätte der Zacharias das doch erzählt, oder meinst du, der vergißt ein Besäufnis mit dem Chef?"

„So dumm kann der Eisenbrey net sein", sagte Holzer.

„Wie meinst du das?" fragte Fleuth.

„Genauso wie isch et gesacht hab. Kommissar, du mußt nach Westerburg zur Westerwaldzeitung fahrn."

„Warum?" fragte Rübsam.

„Weil du der einziche bist, der eh Auto hat. Aber Spaß beiseite, du mußt den Lokalteil von der Wochenendausgabe und vom drauffolgende Mondach besorge."

„Welche Wochenendausgabe, von welchem Wochenende und vor allem: warum?" fragte Rübsam.

„Isch mein dat Wochenende nach dem Freitach, an dem beim Jansen die Gäul massakriert worde sinn."

„Warum soll ich die denn besorgen, was versprichst du dir denn davon?" fragte Rübsam.

„Isch kann dir nix Konkretes sache, ich mein da hätt wat drin gestande was uns eventuell helfe könnt. Mach's einfach un frag net so viel."

„Essen ist fertig", rief Fleuth.

Sie setzten sich und Fleuth tischte auf. Rübsam telefonierte mit der Westerwaldzeitung und erfuhr, daß das Archiv ab 14°° Uhr geöffnet war.

„Dann habe ich ja Zeit genug, deine Bratkunstwerke zu vertilgen", sagte Rübsam und lachte, „und danach, wenn ich dazu noch fähig bin, fahre ich zur Westerwaldzeitung."

Plötzlich fing Fleuth an, hektisch mit den Armen zu rudern. Ein Biene umkreiste Fleuths Bierglas.

„Scheiß Viecher", sagte Fleuth, „das ist einer der Nachteile des Sommers, man muß immer aufpassen, daß einem keine Bienen oder Wespen ins Bier fallen."

Holzer war elektrisiert. Seine Augen funkelten.

„Isch muß sofort weg", sagte er und stand auf.

„Halt, erst wird gegessen, oder glaubst du ich stell mich bei der Hitze für nix und wieder nix an den Grill!" rief Fleuth empört.

„Wo willst du denn so schnell hin", fragte Rübsam.

„Ach, isch muß bei dem Jansen was feststellen", sagte Holzer ausweichend, „ich habb so en klei Idee, die muß isch überprüfe."

„Dann kann ich dich ja bei Jansen absetzen", sagte Rübsam.

Holzer nickte. Er mußte seine Ungeduld zügeln. Fleuth hatte wieder einmal hervorragend gegrillt, überhaupt war er, wenn man den Aussagen Holzers glaubte, ein hervorragender Koch. Gegen Ende des fettigen Mahls servierte Fleuth einen starken Espresso. Nachdem dieser getrunken war, war es Zeit aufzubrechen. Sie verabredeten sich wieder hier im Garten. Rübsam erhielt den Auftrag, eine Kiste Bier mitzubringen. Dann fuhren die beiden los.

Auf Holzers Bitte hin fuhr Rübsam nicht direkt zu Jansen, sondern zuerst bei einem gewissen Reuscher vorbei. Holzer stieg aus, verschwand kurz und tauchte nach wenigen Minuten mit einem netzartigen Gebilde wieder auf. Rübsam verzichtete auf Fragen hinsichtlich des Verwendungszwecks, er wußte aus Erfahrung, daß Holzer nichts sagen würde. Er setzte ihn bei Jansen ab und fuhr nach Westerburg.

Er ließ sich die Lokalteile der entsprechenden Tage aus dem Archiv heraussuchen und studierte sie aufmerksam. Im Prinzip wußte er gar nicht, was er suchen sollte. Holzer hatte nur wage angedeutet, daß etwas zu finden sei, das mit dem Fall zu tun habe. In der Wochenendausgabe war nichts zu finden gewesen. Er überflog die Montagsausgabe. Der größte Teil bestand aus Sportberichten. Im Wirtschaftsteil stieß er auf den Namen Eisenbrey. Der hatte bei einer Veranstaltung der Industrie - und Handelskammer einen Vortrag gehalten. Na und, dachte Rübsam, was hatte das mit dem Fall zu tun? Plötzlich sah er das Datum. Es war der Freitag, an dem bei Jansen der Anschlag auf die Pferde verübt worden war. Die Veranstaltung war spät in der Nacht mit einem gemütlichen Beisammensein ausgeklungen. Es war sogar ein Bild abgedruckt. Das Bild zeigte einige Herren, die in ihren Anzügen allesamt wie Saatkrähen aussahen, darunter auch Eisenbrey, mit einem Sektglas in der Hand. Das also hatte Holzer gemeint! Eisenbreys Aussage war falsch, er konnte Zacharias kein Alibi geben, da er zur fraglichen Zeit in Koblenz gewesen war.

Der Mann ist dumm, oder er fühlt sich vollständig sicher, dachte Rübsam Er mußte doch damit rechnen, daß irgend jemand von dieser Veranstaltung erfuhr, zumal sie in der Zeitung stand. Rübsam fuhr zurück. Unterwegs kaufte er eine Kiste Bier. Als er im Garten ankam, war Fleuth gerade mit dem Abwasch fertig geworden und hatte Kaffeewasser aufgesetzt. Während das Wasser kochte, zeigte Rübsam ihm den Zeitungsartikel.

Fleuth pfiff durch die Zähne, er hatte sofort die Bedeutung des Artikels erkannt.

„Dumm gelaufen", sagte er, „ein Indiz mehr für unseren Verdacht."

„Aber ein ganz dickes", sagte Rübsam.

Holzer war, nachdem er bei Rübsam aus dem Auto gestiegen war, in den Waldweg eingebogen, der zur der Stelle führte, an der das Mädchen zu Tode gekommen war. Er hatte erst bei Jansen vorbeigehen wollen, aber er war zu gespannt darauf, was die Überprüfung seiner Idee ergeben würde. Eigentlich war es noch nicht mal eine Idee, sondern nur so ein intuitives Gefühl, auf das er sich in der Regel verlassen konnte. Er hatte bei seiner ersten Tatortbesichtigung die Bienenkästen gesehen. Als dann Rübsam von Zacharias Hobbys erzählte und auch die Imkerei erwähnte, hatte es bei ihm geklingelt. Er wußte nur nicht, welches Wort bei ihm den Alarm ausgelöst hatte. Aus Erfahrung wußte er, daß es keinen Sinn machte, mit Gewalt darüber nachzugrübeln. Er mußte warten. Als dann die Biene um Fleuths Bierglas geflogen war, war der Bann gebrochen und der Zusammenhang da. Zacharias war Imker und die Bienenkästen waren die Kästen von Zacharias. Und genau die wollte er sich jetzt etwas genauer ansehen. Irgendwie hatte er das Gefühl, daß die Kästen mit den Anschlägen in irgendeinem Zusammenhang standen.

Er hatte sich bei dem Imker Reuscher einen Hut mit einem Bienennetz und ein Paar Handschuhe geliehen. Mit Hilfe dieser Gegenstände hoffte er, die Kästen untersuchen zu können. Holzer sah die Kästen schon durch die Bäume schimmern. Er blieb am Waldrand stehen und betrachtete sie. Irgendwie wirkten sie bedrohlich. Holzer setzte kurz entschlossen seinen Hut auf und ordnete das Netz so, daß er sicher sein konnte, daß keine Biene den Weg zu seinem Kopf finden konnte, dann zog er die Handschuhe an. Langsam ging er auf die Kästen zu. Als er bei dem Stock angekommen war, hörte er ein dumpfes Brummen. Es schien Leben in den Kästen zu sein. Holzer betrachtete sie genau. Insgesamt waren es zwei würfelförmige Kästen, die auf einem länglichen Unterbau aus Holz standen. Dieser längliche Kasten hatte hinten ein Vorhängeschloß. Es war abgeschlossen.

Einige Bienen schwirrten um Holzer und stießen gegen das Netz. Holzer beachtete sie nicht. Ihn hatte eine merkwürdige Erregung gepackt. Er mußte den länglichen Unterbau trotz des Schlosses öffnen. Der Kasten war ungefähr 30 cm hoch und 1,70 m lang. Das Schloß war in der Mitte der Klappe angebracht. Holzer bog das oberste Brett nach hinten. Zu seiner Überraschung löste sich eines der Scharniere, so das Holzer in daß Innere des Kastens sehen konnte.

Holzer pfiff durch die Zähne.

Neben einigen Werkzeugen enthielt der Kasten eine Art Spieß. Holzer nahm ihn aus dem Kasten und betrachtete ihn genau. Der Stiel war abgesägt, so daß er genau in den Kasten paßte. Die Spitze war eine wuchtige stählerne Klinge, die fast 4 cm breit und 0,5 cm dick war. Sie war rasiermesserscharf geschliffen. Holzer, der sich in der Jägerei gut auskannte, sah sofort, daß es sich hier um eine Saufeder handelte.

Saufedern wurden früher zur Wildschweinjagd benutzt. Dabei wurden die Wildschweine im Unterholz aufgeschreckt und mit der Saufeder aufgespießt. Diese Art der Wildschweinjagd war heute verboten. Totzdem, so erzählte man sich in den einschlägigen Kreisen, würden einige Jäger immer noch mit dieser barbarischen Waffe jagen. Die Klinge der Saufeder war fleckig. Es war eindeutig Blut. Holzer war sich sicher, die Waffe gefunden zu haben, mit der die Anschläge bei Jansen und in Gemünden durchgeführt worden waren. Die Klinge entsprach exakt der Beschreibung im Polizeibericht. Er wühlte weiter in dem Kasten und förderte bald darauf eine Steinschleuder und einen Drahtring, auf dem Schraubenmuttern aufgereiht waren, zu Tage. Das war's. Damit konnte man zumindest Zacharias überführen.

Holzer überlegte, was er tun sollte.

Er entschloß sich, die Sachen wieder zurückzulegen. Er richtete das Brett wieder so her, daß auf den ersten Blick ein Eindringen von Unbefugten nicht bemerkt werden konnte. Dann entfernte er sich vorsichtig. Ursprünglich wollte er auf dem Rückweg bei Jansen vorbeigehen. Er war jedoch so in Gedanken versunken, daß er einfach an Jansens Hof vorbei lief.

Rübsam und Fleuth saßen beim Kaffee und unterhielten sich über die Konsequenzen von Eisenbreys falschem Alibi, als Holzer eintraf. Man sah ihm an, daß er Entscheidendes zu vermelden hatte. Er kam ohne Umschweife zur Sache und erzählte seine Entdeckung.

„Das war's", sagte Rübsam, „das dürfte für einen Haftbefehl reichen."

„Aber nur für Zacharias", sagte Holzer, „die Frage ist, wie kriegen wir den Eisenbrey?"

Jetzt war es an Rübsam, seine Erlebnisse im Zeitungsarchiv zu schildern.

„Woher wußtest du eigentlich, daß diese Veranstaltung mit Eisenbrey in der Zeitung steht?" fragte er Holzer.

„Wußt ich gar net, isch les die Zeitung manchmal so diagonal, un mir war, als hätt ich da irgendwat um dat Wochenende herum mit dem Eisenbrey gelesen, ich war mir allerdings net sicher, wann, un watt dat war", sagte Holzer.

„Und mit so einer wagen Geschichte schickst du mich ins Archiv, das ist ja kaum zu glauben", sagte Rübsam.

Holzer lachte.

„Isch wußt doch, wenn einer wat findet, dann du. Hat ja auch geklappt, oder?"

Rübsam mußte lachen. Die beiden alten Kerle, wie sie sich selbst bezeichneten, waren irgendwie schon was Besonderes. Dann hockten die drei noch den ganzen Abend zusammen und schmiedeten einen Plan, mit dem Eisenbrey überführt werden sollte. Als sie aufbrachen, war es schon spät, und von der Kiste Bier war so gut wie nichts mehr vorhanden. Rübsam ließ sein Auto stehen. Dann trotteten die drei, zufrieden mit dem heutigen Tag, in Richtung Stadt.

Am nächsten Morgen fuhr Rübsam nach Koblenz und besorgte sich einen Haft- und Hausdurchsuchungsbefehl für Zacharias. Er wurde ihm ohne große Umstände ausgestellt. Eigentlich brauchten sie den gar nicht, da sie die Tatwerkzeuge schon gefunden hatten.

Die Hausdurchsuchung und das damit verbundene öffentliche Aufsehen waren Bestandteil des Planes, den sie gestern ausgeheckt hatten, um Eisenbrey zu überführen. Für den frühen Nachmittag hatten sie sich bei Holzer verabredet. Die Festnahme von Zacharias und die dann folgende Hausdurchsuchung hatten sie für den späten Nachmittag geplant. Auch das war Bestandteil ihres Planes, da Eisenbrey erst einmal nicht erfahren sollte, daß sein Angestellter verhaftet worden war. Da sie nicht wußten, wann Zacharias nach Hause kam, rief Holzer alle Viertelstunde bei ihm an. Gegen 17°° Uhr meldete sich Zacharias am Telefon.

Holzer legte auf.

„Es geht los", sagte Rübsam.

Er rief die Dienststelle in Westerburg an, die seit 15°° Uhr auf seinen Anruf wartete. Zwei Streifenwagen setzten sich in Bewegung. Holzer, Rübsam und Fleuth setzten sich in den Wagen von Rübsam. Sie fuhren zum Haus von Zacharias und warteten dort im Auto auf die Kollegen aus Westerburg.

„Ihr beiden müßt leider im Auto bleiben", sagte Rübsam. Zwei Streifenwagen fuhren vor und die Besatzungen stiegen aus. Rübsam stieg ebenfalls aus.

„Kommen Sie meine Herren", rief er den Beamten zu und ging auf das Haus von Zacharias zu.

Er klingelte.

Es dauerte eine ganze Weile bis Zacharias öffnete.

„Herr Zacharias, Sie sind verhaftet wegen des Verdachts der fahrlässigen Tötung und der Tierquälerei", sagte Rübsam und zu den Beamten gewandt, „legen Sie ihm Handschellen an."

Zacharias wurde bleich, dann protestierte er lautstark und beteuerte seine Unschuld. Er verwies auf sein Alibi. Es nützte nichts. Er wurde in einen Sessel gesetzt, und die Beamten begannen mit der Hausdurchsuchung.

„Wenn Sie mir sagen., was Sie suchen, dann kann ich Ihnen vielleicht helfen, Herr Kommissar", sagte Zacharias anzüglich.

„Ich glaube nicht, daß ich Hilfe brauche", sagte Rübsam, „der einzige der Hilfe braucht sind Sie."

„Ich will sofort meinen Rechtsanwalt anrufen", sagte Zacharias.

Rübsam zog sein Handy.

„Welche Nummer?" fragte er.

„Weiß ich nicht", sagte Zacharias.

„Aber den Namen kennen Sie?"

„Nein", sagte Zacharias kleinlaut.

„Das heißt also, Sie haben gar keinen Anwalt?"

Zacharias schwieg.

„Herr Kommissar, schauen Sie mal."

Einer der Beamten kam mit einem Buch auf Rübsam zu. Es war ein Universallexikon, in das ein Stück Papier als Lesezeichen eingelegt war. Rübsam schlug das Buch an dieser Stelle auf. Er sah eine Abbildung der gemeinen Eibe mit dem dazugehörigen Text.

„Was haben wir denn hier", sagte Rübsam und ging auf Zacharias zu, „hier hat sich jemand für Eiben interessiert."

„Ich bin eben an allem interessiert, was mit der Natur zusammenhängt", sagte Zacharias, „oder ist das inzwischen verboten? Ich habe halt von der Eibenvergiftung gehört und einmal nachgesehen, was es mit diesen Eiben auf sich hat."

„Ja, ja", lachte Rübsam.

Zwei uniformierte Polizisten brachten Zacharias nach Westerburg zur Dienststelle. Rübsam hatte dafür gesorgt, daß die Verhaftung und der Abtransport von Zacharias zu einer öffentlichen Sache wurde. Durch die Präsenz der Polizeifahrzeuge waren viele Passanten stehen geblieben. Die Nachbarn lagen in den Fenstern, um ja nichts zu verpassen. Die Verhaftung von Zacharias erregte Aufmerksamkeit. Rübsam war zufrieden. Holzer und Fleuth waren ausgestiegen und gingen zu Rübsam, der inzwischen vor dem Haus stand.

„Teil 1 unseres Planes erfolgreich durchgeführt", sagte Rübsam, „wir kommen jetzt zu Teil 2."

„Hat er denn ein Handy", fragte Fleuth.

„Er hat", sagte Rübsam, „es liegt drinnen auf dem Tisch."

Sie gingen ins Haus.

„Du kennst dich damit aus", sagte Holzer und wollte Rübsam das Handy übergeben. Der jedoch wehrte ab.

„Ich habe damit nichts zu tun", sagte Rübsam, „du weißt doch, ich bin bei der Polizei, ich darf das, was du jetzt vorhast, noch nicht einmal wissen."

„In Ordnung", sagte Holzer, „dann zeig mir an deinem Handy, wie man eine elektronische Nachricht verschickt."

Rübsam zog sein Handy und erklärte Holzer, wie man eine elektronische Nachricht verschickt.

„Schwer is dat nicht", sagte Holzer und beschäftigte sich mit dem Handy von Zacharias.

Rübsam hatte das Haus verlassen. Nach einer Weile verließ auch Holzer das Haus. Auf seinem zufriedenen Gesicht war ein spitzbübisches Grinsen.

„Hat es geklappt?" fragte Fleuth.

„Und wie", antwortete Holzer.

Eisenbrey hatte einen anstrengenden Tag hinter sich. Er hatte wegen eines Auftrags den ganzen Tag in Frankfurt zugebracht. Der Auftrag war zwar unter Dach und Fach, aber trotzdem war Eisenbrey unzufrieden. Es war nicht so gelaufen, wie er sich das vorgestellt hatte. Er war froh, daß seine gesamte Familie im Urlaub war, so daß er heute Abend alleine war.

Er nahm sich vor die Haushälterin nach dem Essen nach Hause zu schicken und dann, nach einem Glas Cognac, schlafen zu gehen. Als er dann mit einem Glas Cognac in seinem Sessel saß und den Tag Revue passieren ließ, fiel ihm ein, daß er heute während der Verhandlungen sein Handy abgeschaltet hatte. Er nahm es aus der Tasche und schaltete es nach kurzem Überlegen ein. Es war eine elektronische Nachricht für ihn eingegangen.

„Die Polizei überwacht mich, ich rechne mit meiner Verhaftung. Unbedingt Bienenkasten ausräumen und Inhalt vernichten."
Z.

Eisenbrey war mit einem Schlag hellwach. Sie waren hinter sein falsches Alibi gekommen! Er hatte es befürchtet. Als Zacharias zu ihm gekommen war und ihm von seiner Vernehmung durch den Kommissar erzählte, hatte er in einem Anfall von arroganter Spontaneität den Polizisten angerufen und Zacharias ein Alibi gegeben. Kurze Zeit später fiel ihm ein, daß sein Alibi auf wackeligen Beinen stand. Er hatte seinen Auftritt vor der Handelskammer vergessen, über den die Zeitung berichtet hatte. Er hatte gehofft, daß der Polizist nichts merken und seine Aussage einfach akzeptieren würde.

Eisenbrey setzte sich wieder in den Sessel und dachte nach. Kurz entschlossen rief er das Handy von Zacharias an. Es ging niemand dran. Er rief dessen Bruder Egon an. Von ihm erfuhr er, daß Zacharias verhaftet worden war. Eisenbrey überlegte. Sie waren hinter das falsche Alibi gekommen. Na und? Er konnte sagen, daß er sich im Tag geirrt habe. Nur hatte Zacharias dann kein Alibi mehr.

Das war auch nicht weiter schlimm, denn er vermutete, daß viele Leute für diesen Abend kein Alibi hatten.

Was die Bienenstöcke betraf, so wußte Eisenbrey, daß Zacharias sie im Revier aufgestellt hatte. Offensichtlich hatte er seine Tatwerkzeuge in einem der Bienenstöcke verwahrt. Keine schlechte Idee, dachte er, seine Tatwerkzeuge von Bienen bewachen zu lassen. Eine zufällige Entdeckung war damit nahezu ausgeschlossen. Um welche Tatwerkzeuge es sich handelte, wußte Eisenbrey nicht, da er über die Einzelheiten von Zacharias`Taten nicht informiert war. Eisenbrey achtete immer sehr genau darauf, daß er nicht zuviel wußte. Er erteilte seine Aufträge immer sehr pauschal und überließ die Durchführung seinen Untergebenen. Wenn die dann zu kriminellen Methoden griffen und erwischt wurden, dann konnte er seine Hände in Unschuld waschen.

Einen Augenblick lang hatte er überlegt, Zacharias einfach seinem Schicksal zu überlassen, ihm einen guten Anwalt zu besorgen und sich ansonsten aus der Sache herauszuhalten. Ihm fiel dann aber ein, daß Zacharias einfach zuviel wußte, außerdem war er der Pächter des Reviers. Er mußte ihm helfen. Am besten war es, das Material heute noch zu vernichten.

Die Bienen waren nachts in ihrem Kasten, so daß von ihnen nichts zu befürchten war. Eisenbrey zog sich um. Er verzichtete auf seinen Jägerdress, da er ihn für zu auffällig hielt. Da er nicht genau wußte, um was es sich bei dem belastenden Material handelte, nahm er seinen Rucksack und einige Werkzeuge, unter anderem ein Brecheisen, mit. In der Küche fand er eine Taschenlampe, die er einsteckte. Dann setzte er sich in seinen Geländewagen und fuhr los.

Theoretisch hätte er bis zu den Bienenkästen mit dem Wagen fahren können. Das letzte Stück war jedoch unwegsames Gelände, das der Geländewagen tagsüber mühelos geschafft hätte, nachts aber nur schwer zu befahren war. Er parkte den Wagen in einer kleinen Lichtung und ging das letzte Stück zu Fuß. Es war kurz vor Vollmond und relativ hell. Eisenbrey sah die Kästen im fahlen

Mondlicht. Er untersuchte sie mit Hilfe der Taschenlampe und stieß dabei auf den verschlossenen Kasten auf der Rückseite. Gut, daß ich ein Brecheisen mitgenommen habe, dachte er. Er nahm es aus dem Rucksack und wollte die Rückwand aufhebeln. Zu seiner Verwunderung ließ sie sich mühelos öffnen. Er räumte den Kasten aus und steckte alles, was er für belastend hielt, in seinen Rucksack. Die Saufeder nahm er in die Hand. Er drehte sich um und wollte gehen, als er drei Gestalten vor sich stehen sah. Es war Rübsam mit zwei Polizisten. Sie leuchteten ihn mit starken Taschenlampen an.

Eisenbrey erschrak

„Guten Abend Herr Eisenbrey", sagte Rübsam. „darf ich Sie fragen, was Sie hier tun?"

„Ich habe nach den Bienen gesehen, die gehören dem Zacharias, den habt ihr ja eingebuchtet", sagte Eisenbrey.

„Mitten in der Nacht", sagte Rübsam, „was haben wir denn da?"

Rübsam nahm Eisenbrey die Saufeder ab. Er betrachtete sie beim Schein der Taschenlampe.

„Das ist ja eine Saufeder! Die Jagd damit ist aber doch verboten oder stechen Sie damit Pferde ab? Herr Eisenbrey, ich nehme Sie vorläufig fest wegen des Verdachts, der fahrlässigen Tötung, der Tierquälerei und des Pferdemordes."

„Ich will sofort meinen Anwalt sprechen", sagte Eisenbrey.

„Tun Sie das Herr Eisenbrey."

„Ich brauche Ihr Handy, ich habe das meinige zu Hause liegen gelassen", sagte Eisenbrey.

„Oh, das tut mir aber leid", sagte Rübsam, „ein Handy haben ich und meine Kollegen leider nicht."

Die beiden Streifenpolizisten brachten Eisenbrey nach Westerburg in die Dienststelle. Fleuth und Holzer hatten im Auto von Rübsam gewartet. Rübsam kam zurück und unterrichtete die beiden vom Verlauf der Aktion. Sie waren zufrieden. Es war ihr Plan gewesen, sie wollten Eisenbrey überführen und hatten es geschafft. Er war mit den Tatwaffen in der Nähe eines der Tatorte angetroffen

worden. Eine Analyse des Blutes an der Spitze der Saufeder ergab, daß es Pferdeblut war, ein Vergleich der
Pferdeverletzungen mit der Klinge der Saufeder identifi-
zierte sie eindeutig als Tatwaffe.

Zacharias gestand daraufhin, die Aktionen im Auftrag
von Eisenbrey durchgeführt zu haben. Er gab auch zu die
Eibe umgepflanzt zu haben. Auf die Idee war er durch
Müller gekommen, den er tatsächlich zufällig im Wald
getroffen hatte. Zacharias hatte es als Wink des Schick-
sals angesehen und war sehr überrascht über den Erfolg
der Aktion. Die Schüsse mit der Steinschleuder bestritt er.
Er habe die Schleuder noch nie gesehen. Er beschuldigte
Eisenbrey, ihm die Schleuder untergeschoben zu haben.
Er blieb auch vor Gericht bei dieser Darstellung. Das Gericht kam zu der Auffassung, daß Zacharias die Schüsse
auf die Pferde abgegeben hatte und Eisenbrey ihn dazu
angestiftet hatte. Sie wurden beide zu einer langen Ge-
fängnisstrafe verurteilt. Außerdem wurde ihnen von der
unteren Jagdbehörde die Jagderlaubnis entzogen.

Rübsam, Fleuth, Jansen und Holzer hatten den Prozeß
verfolgt und waren mit dem Ausgang zufrieden. Sie waren
nach dem Prozeß in das Hotel Westerwald gefahren, um
ihren Erfolg gebührend zu feiern. Der Vorgesetzte von
Kommissar Rübsam, Hauptkommissar Dreck, war inzwischen aus dem Urlaub zurück und hatte den Prozeß
ebenfalls verfolgt. Er war mit seinem Kommissar sehr
zufrieden und hatte auch mit Holzer seinen Frieden gemacht. Ihr Verhältnis war nicht immer das Beste gewesen.
Der Abend wurde sehr fröhlich, man aß und trank bis spät
in die Nacht und am Ende des Tages mußten sich die
Polizisten eingestehen, daß sie nicht mehr fahrtüchtig
waren. Jansen gewährte ihnen freundlich Quartier auf
seinem Hof. Gegen 1°° Uhr löste sich die lustige Gesellschaft auf und der ein oder andere ging unsicheren
Schrittes nach Hause.

In den ersten Wochen des beginnenden Herbstes löste
sich die angespannte Situation auf dem Tannenhof. Der
Reitverein war reumütig zu Jansen zurückgekehrt, da der

Hauptsponsor im Gefängnis saß und die Vorgänge des Sommers vollständig aufgeklärt waren. Da sowohl Zacharias als auch Eisenbrey keine Jagderlaubnis mehr besaßen, mußte die Jagd neu verpachtet werden.

Das Jagdrevier war von dem ehemaligen Pächter, dem Rechtsanwalt aus Limburg, zurückgepachtet worden. Er und Jansen hatten sich zusammengesetzt um Reitwege für Jansens Reiter festzulegen. Darunter war auch die Schneise, in der die Mädchen gestützt waren.

Dort, wo der tödliche Unfall geschehen war, stand jetzt ein schlichtes Holzkreuz. Die Wege waren so gewählt, das sie die Ruheräume des Wildes nicht tangierten. Da der neue, alte Pächter sich sehr gut in seinem Revier auskannte, war das kein sehr großes Problem und konnte zur beiderseitigen Zufriedenheit gelöst werden. Einzig der Bauer Melchior schaute in die Röhre.

Bisher sind aus der Serie
„Hui Wäller, Kriminal"
erschienen

„Laß nicht die roten Hähne flattern, bevor der Habicht schreit!"

Auf die Freizeitanlage einer kleinen Stadt im Westerwald wird von Skinheads ein Brandanschlag verübt. Bei den Aufräumarbeiten findet man das Skelett eines Mannes mit zertrümmertem Schädel, das schon zehn Jahre hier verscharrt lag. Der Koblenzer Hauptkommissar Dreck und sein cleverer Assistent Rübsam nehmen die Ermittlungen auf, die sich jedoch schwieriger gestalten als erwartet. Erst nachdem sich ein kauziger Einheimischer einschaltet, kommen die Ermittlungen in Gang.
Eine Stasigeschichte im Mittelpunkt der alten Bundesrepublik kommt 10 Jahre nach dem Untergang der DDR zum Vorschein. Mit Präzision und Lokalkolorit zeichnet Heinz Hering die spannende Aufklärung des Mordfalles, der ein Provinznest im Westerwald erschüttert, als 10 Jahre nach dem Mauerfall die Konturen von Stasiaktionen im hohen Westerwald sichtbar werden.

ISBN: 3-8311-0177-9
18,00 DM